BLACK BEAUTY

BLACK BEAUTY

BLACK BEAUTY
黑神駒

安娜・史威爾（Anna Sewell）——著
陳柔含——譯

BLACK BEAUTY

黑神駒

全球TOP 10暢銷少兒文學

BBC百大最愛小說

作　者：安娜・史威爾（Anna Sewell）
繪　者：約翰・比爾（John Beer）
譯　者：陳柔含

小樹文化股份有限公司
總 編 輯：張瑩瑩｜責任編輯：謝怡文｜校　對：林昌榮
封面設計：周家瑤｜內文排版：洪素貞

發　行：遠足文化事業股份有限公司（讀書共和國出版集團）
地址：231新北市新店區民權路108-2號9樓
電話：(02) 2218-1417 傳真：(02) 8667-1065
客服專線：0800-221029
電子信箱：service©bookrep.com.tw
郵撥帳號：19504465遠足文化事業股份有限公司
團體訂購另有優惠，請洽業務部：(02) 2218-1417分機1124

法律顧問：華洋法律事務所 蘇文生律師
出版日期：2021年5月5日初版
2023年7月3日初版4刷

ISBN 978-957-0487-56-5 (平裝)
ISBN 978-957-0487-55-8 (EPUB)
ISBN 978-957-0487-57-2 (PDF)

國家圖書館出版品預行編目資料

黑神駒／安娜・史威爾(Anna Sewell)著；陳柔含譯 -- 初版 -- 新北市：小樹文化股份有限公司出版；遠足文化事業股份有限公司發行；2021.05
面；公分
譯自：Black Beauty
ISBN 978-957-0487-56-5 (平裝)

1. 兒童文學 2. 動物傳記 3. 青少年小說

873.596　　110004724

First Published in 1877 in English under the title *Black Beauty*
Images are coming from the University of Florida George A. Smathers Digital Collections through the Baldwin Library of Historical Children's Literature

小樹文化
官網

小樹文化
讀者回函

推薦序

經典故事將會在學生的心魂之中，播下閃耀生命力之火的種子

文／徐明佑（華德福資深教師）

從黑神駒的故事，學會聆聽內在的聲音、認識自我

《黑神駒》是我從小就熟悉的故事，沒想到在人生歷經波折起伏的奮鬥旅程後，卻倏然從原著小說的字裡行間，再次看見躍騰於心的「黑神駒」，並用他充滿精力的馳徜速度，穿梭在時間軸中朝自己飛奔而來。在噠噠的馬蹄聲中，成長的回憶如同跑馬燈般一幕一幕顯現，童年的風景，隨著他快速的向我靠近，卻也如蹄下的煙塵隨風而逝！

我欣喜的領悟，原來在成長的時間長河中，黑神駒的良善、溫暖與智慧，一直默默守護著自己的成長，協助我逐步打開心靈的感官。在故事中無法與人類對話的他，擁有著「傾聽」的靈活雙耳，接收人類在社會生活中所發生的故事以讓自己增長見聞，而這

就是學習最重要的態度——聽聞；在故事中只能與馬友們交談的黑神駒，透過故事的敘說成為生命的分享者與溫暖的傳遞者，而他那豐富多彩的內在心聲表達，是我與自己進行內在深刻對話的人生典範。

聆聽內在的聲音是認識自己的開始，而能跟自己對話的時候，便是智慧的萌芽展葉。這一切只能在閱讀文字時，如駕馭黑神駒般自主操控轡繩，並透過調整速度快慢，在休息與再前行的切換間靜思冥想，才得以進入這深層的自我對話。這個與作者心魂交流的狀態，便是閱讀文學最珍貴的時刻，也是欣賞動畫與電影時，所無法企及的心靈高峰經驗，因為在動畫與電影的被動時間軸的接收中，我們將會完全融入在聲光之中，並交託出自我；只能做後設的反思，而無法穿越時空與作者的精神共舞！

華德福教育告訴我們，經典書籍必須一遍又一遍的閱讀

主角「黑神駒」對外在事物深刻又細緻的觀察與分析，讓我培養出對於人性的了解與同理，能在原諒與寬容中學會「接受」與「等待」的智慧。這讓我自己在面對生命困境時，能夠選擇擁抱沉重低落的情緒，卻又可以靜靜等待在內心深處暗自萌芽的正向期待；而在面對生命走過年輕，並逐漸邁向衰老時，學會像黑神駒一樣欣賞病痛與復元，都是生命必經的過程，讓我更深刻的領悟：一切的遭遇都是人生智慧的積累。

以上這些讓人生可以揚升的生命哲學，細緻的蘊藏在黑神駒所自述的一生之中，有些議題是兒童不容易理解的，例如道德兩難問題的選擇、政治與民主的傾軋、追求金錢與自由的平衡，甚至是在社會化中個別性的培養。在這些難題中，都可以看到作者透過黑神駒的「教養」，告訴我們：基礎教育的核心是「清楚的身體感知」與「良善感恩的心」，而這將決定一個人的幸福感。

華德福教育創始人史代納博士（Rudolf Steiner, 1861－1925）總是說：**給孩子的話語，必須超越他當下所能理解的程度，而經典的書籍應該要一遍又一遍的閱讀**。在我自己的經驗中，透過誦詩與老師講述故事，老師語言背後的心魂意識，將化為智慧的火焰，而聲音與文字將成為閃耀著生命力之火的種子，播入學生的心魂之中。

在閱讀這本數度讓我感動落淚的書時，我鮮明的感受到上述的圖像，我接到了作者閃耀著生命力之火的種子，使這本書的閱讀時光成為品味生命的旅程——顯化出酸甜苦辣的內心風景，同感著人生際遇的悲歡離合，卻能在文章的最後心懷著溫暖的滿足與喜悅。

在此與大家推薦這本值得一遍又一遍閱讀的文學經典。

推薦序

從動物之眼，捕捉人類未能體會的生命意義

文／羅怡君（親職溝通作家與講師）

許多人在孩提時期曾擁有與動物相伴的歲月，不論是原本家中養的寵物，或是基於陪伴而來的動物家人，還是因為課堂引發興趣的飼養實驗，身為萬物之靈的人類，我們似乎能輕易擁有「生命」的主宰權；因此隨著人類文明發展，某些能為人類服務的動物們，一生命運也與遇見的人緊緊相繫。

在廣受歡迎的動物文學中，《黑神駒》是少有以動物視角第一人稱述說的作品，書中的「我」正是這匹具有良好賽馬血統的黑色小馬（長大後被命名為「黑神駒」），從童年時期目睹一場震撼教育開始，一場原以為是狩獵之樂的追捕野兔行動，卻因意外造成馬與獵人的傷亡，「……我們只是馬，無法了解人的想法。」這句出自母馬的話，成為隱埋故事裡、串穿全文的重要訊息之一。

從一匹馬兒的自述，看見真實的生命教育

每當討論生命教育議題，總會有人誤以為「養動物就能培養孩子同理心」，弔詭的是這種「工具性思考」，正是人類沒有同理心的證據。試想在孩子「學習同理心」過程中，掌握自己手中的生命又有何權利、如何適應自處呢？

儘管觸及嚴肅的生命議題，《黑神駒》僅僅透過一匹馬描述一生際遇，毫無提及任何價值判斷或道德傳送，單純簡白的文字正如動物純潔直觀的天性，每一次被轉賣給新的主人賦予不同的任務，也帶來各種層面的考驗：有過度勞動的體力活，也有為了人類喜好或面子而使用制韁受傷的痛苦，當然也有與他相知相惜的馬夫，黑神駒不只心裡殘留種種記憶，身上也滿布歷經的風霜。

除此之外，《黑神駒》的創作背景還能給我們更多學習思考的線索。例如其中〈老戰馬上尉〉一篇，便能探討人類使用馬匹的歷史與用途；文中描述當時倫敦貴婦們乘坐馬車的喜好與商人的算計，強迫使用傷害馬嘴和膝蓋的制韁文化，都是豐富的生活史；黑神駒一生中所遇的各種階層的人，有酒鬼、有馬夫也有莊園主人，他們與黑神駒之間的故事，讓我們得以透視人性與階級的矛盾之處。

黑神駒的故事情節，也能投射在教養生活中

有趣的是當我閱讀《黑神駒》時，腦海裡常把黑神駒視為一個孩子，書中的情節常讓我投射在教養生活中。比如說想讓黑神駒帶上轡繩、眼罩的馴化過程，像極了孩子學習社會化的階段；而另一匹憤怒難控的馬匹辣薑，原來是因為童年時期遭遇極糟的對待，讓她性情轉向攻擊防禦；有經驗的馬夫說出「每一匹馬都像是一個人，有不同個性，需要不同對待方式」，這又何嘗不是育兒最高的指導原則呢？

工作、自由與情感，這三項對人類同樣重要的事，黑神駒用他的一生，嘗試與讀者們內心深處的靈性連結，重新領悟我們尚未體現的生命意義。

動物自傳鼻祖、喚起動物保育意識經典作品

文／小樹文化編輯部

《黑神駒》作者安娜．史威爾，究竟是誰？

《黑神駒》作者安娜．史威爾（Anna Sewell）出生於一八二〇年的英國諾福克郡（Norfolk）。她的父親是埃薩克．史威爾（Isaac Phillip Sewell, 1793 – 1879），母親瑪莉．史威爾（Mary Wright Sewell, 1797 – 1884）則是當時的暢銷童書作家。

安娜與弟弟菲利浦從小在家自學，並深受十分強調自然及道德教育的母親影響，讓安娜對於自然、對於動物，有著同理與關懷。一八三二年，史威爾全家搬到斯多克紐溫頓地區（Stoke Newington），並在當地經營農

舍，農舍生活成為熱愛自然的安娜非常美好的一段人生時光。然而，十四歲那年，安娜在回家的路上扭傷了腳踝，因為傷口受到不當治療，導致很長一段時間無法行動，且終身都需要枴杖輔助才能行走與站立。在交通不發達的環境下，安娜開始使用馬車代步，且儘管行動不便，她也經常駕馬車接送父親上下班。童年在農舍的生活經驗，加上行動不便後與馬兒的親密相處，安娜十分關愛動物與馬兒的權益，她在駕馬車時拒絕使用馬鞭，而是用聲音甚至話語來指引馬匹，對當時習慣使用馬鞭的社會情況來說，安娜的作法相當獨特。

長久以來與馬兒的親密關係，加上幫助母親撰寫兒童故事的過程，讓安娜終於在五十一歲那年，決定開始創作《黑神駒》。透過主角黑神駒的故事，推廣馬兒的福祉、提倡馬匹

《黑神駒》作者安娜．史威爾

©Wikimedia Commons

應受人道對待而不是作為貿易商品，但是她卻也在此時深受不知名的疾病所苦，有時候甚至因疾病惡化必須以口述的方式由家人代筆。

一八七七年，安娜僅有的一部作品《黑神駒》終於問世，成為第一本為兒少創作的動物文學，而以動物為主角的第一人稱敘事方式使本書被視為「動物自傳」的鼻祖，日後更影響了《彼得兔》作者碧雅翠絲・波特（Helen Beatrix Potter, 1866 – 1943）等作家的創作。

安娜的《黑神駒》在全球累績超過五千萬銷量，成為全球十大最暢銷兒童文學，甚至影響英國與美國修法推動動物保育。可惜的是，在這本書出版五個月後，安娜便因疾病而過世，無法親自看見《黑神駒》在世界各地造成的影響。

黑神駒的故事，喚起大眾關心動物權益

《黑神駒》的故事以一匹有著良好血統的名馬「黑神駒」為主角，敘述了一匹馬兒的一生，是非常獨特的「動物自傳式」寫法。作者安娜・史威爾透過動物的視角，帶我們看見動物的心聲，不同於冷冰冰的火車、汽

車，他們有血有肉，也有快樂、悲傷、痛苦等等情感，而不是供人類驅使的機械。

安娜．史威爾寫下《黑神駒》的年代，正好是英國維多利亞女王在位的時代，也是英國的黃金時代。當時的歐洲剛進入工業革命時期，儘管已經有火車，然而大眾交通、貨運、農耕等日常活動，仍然大量依賴馬匹。

然而，許多上流階層、貴族、有錢人，為了讓自己更時尚、更美觀、更有氣勢，開始發明許多人類認為好看，但是會深深影響馬兒健康的馬具。故事中所提到的「制韁」，就是一個相當殘忍的馬具，會緊緊的綁住馬兒的頭部，讓他只能高高的揚起頭，完全無法有放鬆、自然的姿態。

除此之外，勞工階層也會為了賺取更多錢、運載更多貨物，而讓馬匹負擔超出體力所能負荷的重物、長時間的工作，也沒有休息的日子。還有一些人，因為自己的無知、不懂如何好好養馬，不知道提供什麼樣的生活環境才是好的，也不知道馬兒需要哪些食物才能有健康的身體，反而讓許多馬兒遭受額外的痛苦。類似的場景在當時相當常見，許多馬兒過勞、生病、受傷，卻很少人意識到自己的行為對馬兒造成了多大的痛苦，這讓深愛自然與動物的安娜相當難過，也因此撰寫了《黑神駒》一書，希望能透過故事，喚起大眾關心動物權益。

儘管在台灣，我們已經很少看見馬兒，也已經很少使用動物作為交通工具。但是，《黑神駒》的故事依然可以喚起我們對於其他動物權益的反思，不論是何種動物，都需要人類的尊重與愛護。因為他們是大自然的一分子，有自己的意識、有自己的情感，而關心與愛護自然與動物，是每一位人類生存在地球上的責任與義務。

百年經典《黑神駒》復刻典藏版

《黑神駒》第一版於一八七七年由英國傑洛家族企業（Jarrold & Sons）出版發行。該版本由海威（C. Hewitt）繪製兩張插圖，然而因為資訊稀少，目前已經沒有這位畫家的更多資料。

而小樹文化出版的《黑神駒》，則是選用一八九四年出版，由英國插畫家約翰·比爾（John Beer, 1853 – 1906）繪製，收錄超過百張插圖的版本。此版本是目前最受歡迎的版本，且自一八九四年出版以來，後續許多新版

《黑神駒》在重新繪製插圖時，經常可以看到約翰．比爾的影子，不論是在構圖、繪製的場景等等。

《黑神駒》出版至今已經有超過一百四十年的歷史，然而故事內容依然可以讓今日的我們深受共鳴，並且受到全世界孩子喜愛，也被許多學校選為閱讀推薦書。其經典地位也讓英國傑洛家族企業於二〇一七年時，舉辦《黑神駒》出版一百四十週年紀念畫展，展出了傑洛家族企業於一九一二年邀請英國藝術家阿爾汀（Cecil Aldin, 1870 – 1935）用水彩繪製的十八張

《黑神駒》1877年初版封面
©Wikimedia Commons

《黑神駒》1894年版本封面

英國藝術家阿爾汀
曾為《黑神駒》繪製18幅水彩畫
©Cecil Aldin @Wikimedia Commons

英國插畫家約翰・比爾
©Wikimedia Commons

全彩黑神駒插圖。

透過黑神駒的故事，我們可以帶孩子一起探討關於「動物保育」、「人道飼養」等等議題，是一本非常適合親子共讀的書籍。除此之外，《黑神駒》的故事也能讓成人從中反思自己面對大自然的方式，這些「啞巴動物」無法說出口的心聲，也能從安娜・史威爾筆下黑神駒的故事了解、進而同理，並喚起我們關懷動物的那顆溫暖、柔軟的心。

《黑神駒》主要出場人物

黑神駒

黑神駒是擁有良好血統、受到妥善照顧的名馬，也是這本書的主角。他的頭上有一個如星星般的白色印記，一隻右腳是白色的，背部中央也有一塊白色的毛。這本書便是從黑神駒的視角，描述了他的一生。

戈登一家

戈登一家人居住在波特維克莊園，是黑神駒的第二位主人。戈登一家都非常愛護馬匹，提供黑神駒良好的居住環境。當有人傷害或虐待動物時，戈登一家都會挺身為這些無法說話的動物爭取權益。

辣薑

栗子色的高大母馬，有著又長又好看的脖子。辣薑生氣時有咬人的壞習慣，但這不是她的錯，而是以前沒有被人類好好照顧、對待所造成的。對辣薑來說，黑神駒是她唯一的朋友。

歡樂腿

微胖、灰色的小型馬，有著濃密的鬃毛和尾巴，還有漂亮的外表。歡樂腿的脾氣溫和，戈登家的潔西小姐與芙蘿拉小姐都非常喜歡他。

馬夫約翰

戈登家的馬夫，是一個細心、溫柔，又很了解馬兒的人。馬兒都非常喜歡他，也非常信任他。他常常說，收服馬兒的最佳祕方就是：一磅的耐心、一磅的溫柔、一磅的堅定、一磅的安撫，加上半品脫的養馬常識。

馬童詹姆斯

個性穩重、溫柔，並且讓人感到愉悅的詹姆斯是戈登家的馬童，也是馬夫約翰的得力助手。他深得戈登先生的信任，因此被推薦到威廉斯爵士所居住的莊園擔任馬夫。

馬童小喬

馬童詹姆斯離開波特維克莊園後，他的工作便交由馬童小喬負責。雖然他只有十四歲半，但動作迅速、積極主動，加上心地善良，因此慢慢的受到馬夫約翰重用。

伯爵一家

戈登先生的老朋友。當戈登一家因為女主人的健康狀況，必須舉家搬離英國時，便將黑神駒與辣薑賣給了伯爵一家。戈登先生以為馬兒在伯爵莊園會有良好的生活環境，然而實際上，黑神駒與辣薑卻在那裡受到了不當的對待。

馬夫約克

伯爵莊園的馬夫，儘管他並不喜歡使用殘忍的制韁，但是當伯爵夫人堅決使用時，並沒有挺身而出為黑神駒與辣薑爭取權益。

馬夫魯賓

伯爵莊園的馬夫，當馬夫約克不在時，馬廄的事物便交由他處理。然而，魯賓是一個酒鬼，當他不喝酒時，會將事情處理的很好、為人和善，也很善待馬兒；然而當他喝醉時，就會為其他人帶來麻煩。

貝瑞先生

黑神駒的第四位主人。醫生建議他透過騎馬來運動，他便買下了黑神駒。但是貝瑞先生並不懂馬，也不知道應該如何照顧馬兒，因此先後被兩位馬夫欺騙，也讓黑神駒的健康狀況走下坡。

傑瑞米・貝克

傑瑞米・貝克是黑神駒的第五位主人，大家都叫他「傑瑞」，是一位出租車駕駛。他非常了解馬兒，也是一個非常棒的駕駛，儘管家裡的經濟狀況並沒有非常好，但依然盡力提供馬兒舒適的生活環境與適當的食物，是一位非常好的主人。

老戰馬上尉

傑瑞的另一匹馬，是血統高貴、儀態優雅的貴族老馬，曾經是騎兵團裡一位軍官的坐騎，參加過克里米亞戰爭。

葛蘭老爺

大家都叫他「灰葛蘭」或是「葛蘭老爺」，跟傑瑞一樣駕駛出租馬車。他穿著灰大衣、灰披肩、戴著灰帽子，脖子上鬆鬆的圍著一條藍色圍巾，就連頭髮也是灰色，是個幽默明理的人。

尼可拉斯．史金納

黑神駒的第七位主人，有黑色的眼睛和鷹鉤鼻，還有一口凸出的牙齒。他擁有許多馬車與馬匹，並出租給其他人。然而，史金納非常苛刻，對所有人都很壞，所以大家也都對他出租的馬兒很糟。

瑟羅古德農夫

黑神駒的第八位主人，因為孫子威利的請求，在馬匹拍賣會用五英鎊買下了黑神駒。瑟羅古德農夫是一位愛馬人，給了當時已經受盡折磨的黑神駒適當的照顧，讓他重新變得容光煥發，並且為黑神駒找了能夠照顧他後半生的好主人。

目錄

Part 1 波特維克莊園

Part 2 伯爵莊園的生活

Part 3 出租馬與駕駛人

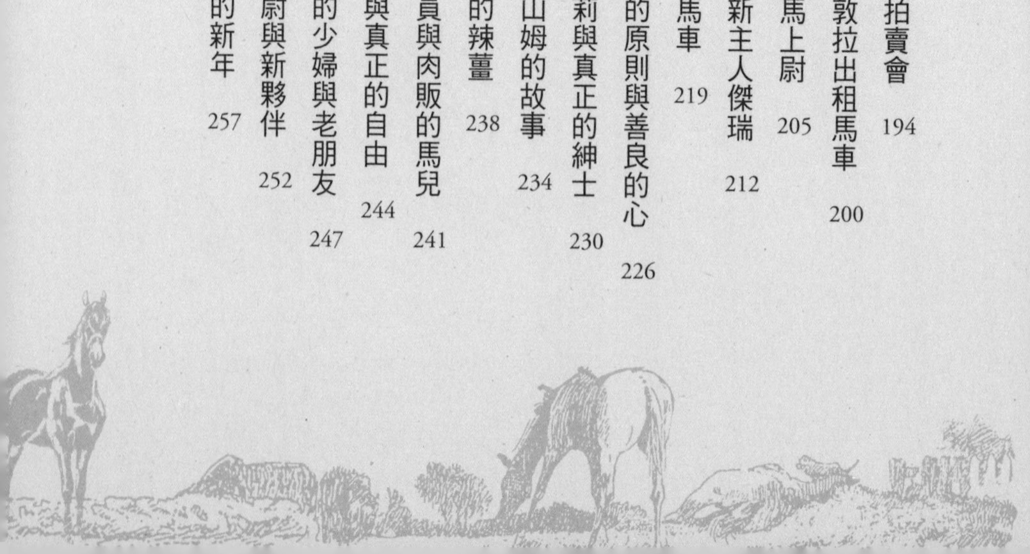

Part 4 生命的後半場

一匹馬的回憶錄

謹獻給

我敬愛的母親

她將一生用於書寫

為他人的福祉奉獻

Part 1 波特維克莊園

1 童年家園

我可以清楚記得的第一個地方，是一片令人心曠神怡的大草原，那裡有個清澈的池塘，水深的那頭長著燈心草與睡蓮，池邊還有片林蔭，樹枝彎彎的向池塘伸去。我還記得有一排圍籬，圍籬一邊是農田，另一邊是主人家的大門，他的房屋就在馬路旁邊。這片草原的高處有一片冷杉林，低處有條小溪，溪岸十分陡峭。

小時候因為還不能吃草，我得喝媽媽的奶水長大。白天時，我會跟在她身邊，夜晚也躺在她旁邊休息。以前天氣熱的時候，我們會站在池塘邊的樹陰下乘涼；天氣冷時，則會待在冷杉林附近的溫暖小屋。

當我長大，能吃草了以後，媽媽白天會出去工作，直到晚上才回來。

除了我之外，這片草原還有六隻小馬，不過他們的年紀都比我大，有的已經快要成年了。以前我們會一起奔跑，繞著草原一圈又一圈的盡情奔馳，真是好玩；有的時候，我們也會玩得激烈一點，追來追去、踢咬著打鬧嬉戲。

有一天，當我們踢鬧得正開心的時候，媽媽輕輕的嘶鳴要我過去，並對我說：「我

我童年的家園。

希望你能仔細聽我接下來要說的話。這裡的小馬都是很好的孩子，但他們是拉貨物的馬匹，沒有學會良好的禮儀。你的血統優良，又出生在良好的家庭，爸爸在這方面有良好的聲譽，爺爺還曾經兩度贏得紐馬克賽馬冠軍。除此之外，奶奶的個性比誰都溫柔甜美，我想你也不曾看過我亂踢亂咬。我希望你能長成一匹溫文儒雅的馬，千萬別學壞。以後你在工作時要抱持善良的心、行走時要優雅的抬起腳，即使是玩耍也不能踢或咬別匹馬。」

我從來沒有忘記媽媽說的這些話，因為我知道她是睿智的長者，而且我們的主人重視她。她的名字是「公爵夫人」，主人常常暱稱她「夫

主人輕拍她說：「老夫人，小黑今天好不好啊？」

人」。

主人善良又親切，總是給我們好吃的食物、讓我們住得舒服，還會溫柔的跟我們說話，就像跟自己的孩子說話，大家都很喜歡他，尤其是媽媽。如果看見主人站在大門口，媽媽會開心的長鳴並輕快的跑過去，主人便會輕拍她說：「老夫人，小黑今天好不好啊？」我的毛色很深，所以主人都叫我「小黑」。這時，他會給我一塊美味的麵包，有時候也會帶一條紅蘿蔔給媽媽。這裡的馬兒都喜歡親近他，但我想他最喜歡的還是我跟媽媽。當鎮上有市集時，媽媽總會用兩輪小馬車載他過去。

這裡有位負責耕田的孩子叫做迪克，有時候他會來放牧我們的草原、摘那些長在圍籬上的黑莓。當他吃飽了，會朝小馬丟石頭和樹枝讓我們開始奔跑，只為了找點樂子。我們不太理睬他，覺得躲開就好，但是有時候還是會閃避不及，被石頭打得很痛。

有一天，迪克又玩起了丟石頭的遊戲，沒有發現主人就在旁邊的農地、目睹了整個經過。主人馬上翻過圍籬、抓住了迪克的手臂，並且重重的給了他一巴掌，讓迪克又驚又痛的大叫。我們趕緊靠過去看發生了什麼事。

「壞孩子！」他說，「壞孩子，竟敢追打小馬！這不是第一次，也不是第二次了，但是你再也沒有機會欺負他們了。拿去，帶著錢趕快回家，不准再來我的農場。」就這樣，我們再也沒有見過迪克。而負責照顧我們的是老丹尼爾，他就跟主人一樣和善，在他的照料之下，我們都過得很好。

2 狩獵行動

在我還不到兩歲時，發生了一件令我難以忘懷的事。那時才剛進入春天，夜晚還會結一點霜，清晨也有薄霧籠罩著這片樹林和草原。我跟其他小馬在農場低處吃草，聽見了遠方傳來似乎是狗的哭喊聲。年紀最大的小馬抬起頭來、豎起耳朵。「是獵犬！」他說，接著便跑上斜坡。我們也跟了上去，跑到農場高處，能夠看見圍籬和後方幾塊農田的地方。這時，媽媽跟主人的另一匹老坐騎也站在附近，似乎很清楚這是怎麼一回事。

「他們發現了野兔，」媽媽說，「如果他們跑過來這邊，我們就能看到一場狩獵行動了。」

很快的，那些獵犬便穿過農場旁新生的小麥田。我從來沒有聽過這種聲音，不是吠叫，也不是嚎叫或哀鳴，而是一連串尖銳的「喲！喲，嗚，嗚！喲！喲，嗚，嗚！」獵犬身後，幾個男人騎著馬以最快的速度跟在後面，其中幾位穿著綠色大衣。老坐騎熱切的盯著他們，鼻子緊張的噴著氣，我們這些小馬則是興奮得想要加入，但是他們很快就奔向低處的原野，然後停了下來。獵犬安靜了下來、鼻子貼在地面四處搜尋。

「他們追丟了，」老馬說，「說不定野兔能脫身。」

「哪種野兔啊？」我問。

「喔，我不知道是哪種野兔，有可能是從我們這裡逃到樹林外的野兔。但是不管是哪種兔子，只要被發現，獵犬和那些男人都會追上去。」不久，獵犬又發出了「喲！喲，嗚，嗚！」的聲音，全速衝過我們的草原，奔向陡峭的溪岸和圍籬。

「應該可以看見野兔了。」媽媽說。她話才說完，我們就看見野兔驚慌的逃竄而過，往樹林奔去。獵犬緊追在後，他們越過溪流，並在田野間狂奔，獵人也緊緊跟隨。有大約六到八個人乾脆跳下馬，徒步朝獵犬靠進。那隻野兔試著穿過圍籬，但是圍籬間的縫隙太窄了，於是他趕緊轉向旁邊的路，可是已經太遲了。獵犬一邊狂野的嚎叫，一邊將他包圍。一聲尖叫之後，野兔便一命嗚呼。一位獵人策馬上前將獵犬驅趕開來，以免他們將野兔撕碎。他拎起野兔皮開肉綻、流著鮮血的腿，所有獵人似乎都很高興。

我太興奮了，沒有即時注意到溪邊也發生了一些狀況，但是當我看見時，那畫面真令人難過。有兩匹美麗的馬倒下了，一匹在溪流中掙扎，另一匹倒在草地上痛苦呻吟。而騎乘他們的獵人，一位全身泥濘的爬上岸，另一位則動也不動的倒在地上。

「他的脖子斷了。」媽媽說。

「真是活該。」一隻小馬說。

我也這麼認為，但媽媽並不這麼想。

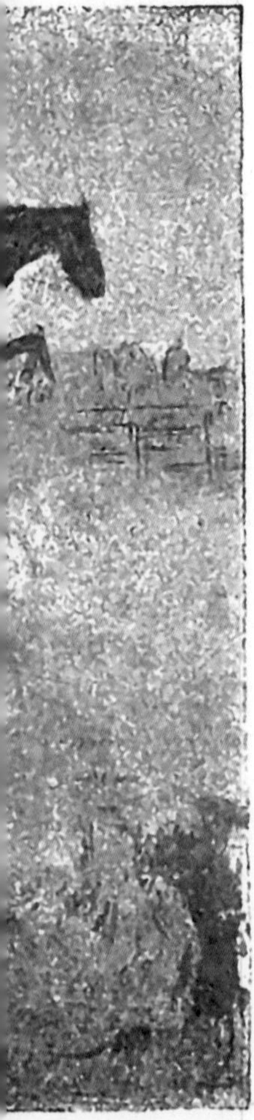

「不，」她說，「你不該這麼說。雖然我活得比較久，也看過、聽過許多事，但我還是無法理解為什麼會有人熱中這樣的活動。為了一隻野兔、狐狸，或是鹿，獵人經常受傷，也讓馬匹受傷，還踐踏農田。他們明明就有其他更不費力的獵捕方法。但我們只是馬，無法了解人的想法。」

我們一邊聆聽，一邊看著溪邊的情況。獵人都來到那位倒下的年輕人身邊，但我們的主人是第一位趕到的，他目睹了整個過程。那位年輕人的頭往後仰、手臂垂落，所有人看起來都很嚴肅。沒有人發出聲音，就連獵犬也安靜了下來，似乎知道有些不對勁。獵人把年輕人抬到主人家，後來，我聽說他叫喬治．戈登，是一位大地主的獨子。他身材高大、年輕有為，是家裡的驕傲。

接著，大家騎馬到各地找醫生、找獸醫，當然也前往戈登先生家通知他有關他兒子的噩耗。當獸醫龐德先生前來查看那匹倒地呻吟的黑馬時，他搖了搖頭，那匹馬斷了一條腿。有個人從主人家拿了一把槍過來，然後我聽見砰的一聲巨響，伴隨著可怕的嘶吼，接著一切又安靜了下來，那匹黑馬再也不動了。

獵犬全速衝過我們的草原。

✈獵犬越過溪流，並在田野間狂奔，獵人也緊緊跟隨。

那匹黑馬再也不動了。

媽媽的神情哀傷，她說她認識那匹叫做「羅伯羅伊」的馬很多年了，他是匹好馬，勇敢又善良。在那之後，媽媽再也沒有靠近過羅伯羅伊倒下的地方。

幾天後，我們聽見教堂響起了喪鐘聲，大門外有黑馬拉著長型大馬車，一輛接著一輛，都用黑布覆蓋著，而喪鐘聲似乎不曾停止。他們要把小戈登葬在教堂的墓園裡，他再也無法騎馬了。我不曉得他們怎麼處理羅伯羅伊，而這一切只是為了一隻小野兔。

3 我的訓練歷程

我愈來愈漂亮了，毛髮柔軟、生長狀況良好，烏黑的毛色帶著光澤。我有一隻腳是白色的，額頭上還有一塊白色的星形印記，大家都覺得我很英俊。直到我四歲時，主人才把我賣給別人，他認為小男孩不需要像男人那樣工作，小馬在長大前也不用做成年馬匹的工作。

我四歲時，有一天戈登先生來看我。他檢查了我的眼睛和嘴巴，還用手仔細撫摸、感受著我的每一條腿，我還得走路和小跑步給他看。他好像很喜歡我，說：「好好訓練過後，他會是一匹很棒的馬。」主人說他會親自訓練我，因為他不希望我受到驚嚇或受傷。主人一點時間也不浪費，隔天就開始訓練。

大家也許不太清楚要訓練什麼，就讓我來說明一下。訓練指的是要讓我們願意戴上馬鞍和整副轡繩，然後讓人騎上馬背（無論男人、女人，或小孩），接著服從指示往他們想去的方向溫馴的前進。除此之外，我們還要學習穿戴馬軛、束尾帶和後腿帶，穿的時候要安靜的站好，然後跟身後的拖車或小馬車固定在一起，這樣就可以在行走或跑步的時候拉動它們。前進的時候，要依照指示調整速度，不能被眼前的東西嚇得驚慌失措，也不能跟其他的馬說話，更不能亂踢亂咬，即使疲累或飢餓也要遵照主人的指示，而不是自己的心意。更慘的是，只要一戴上這些馬具，就算很開心也不能跳起來，就算覺得厭煩也不能賴皮躺下。所以，訓練是一件很不容易的事情。

我平常就很習慣穿戴籠頭和牽馬索了，也可以安靜的被引導在田裡與巷道走動。但我現在要戴的是口銜和整副轡繩，所以主人就跟往常一樣餵我吃燕麥，經過一番哄騙之後再把口銜放進我的嘴裡，然後套上籠頭，這種感覺真不舒服啊！沒戴過口銜的人根本無法想像這種感覺。嘴裡塞了一塊又冷又硬的金屬，有一根手指那麼粗，還得用上下兩排牙齒咬住、放置在舌頭上，接著會有繩子從頭上、喉嚨底下和鼻子周圍將口銜兩端緊緊固定在嘴角外面，所以怎麼樣也掙脫不了這個硬梆梆的討厭東西，真的很不舒服！沒錯！太不舒服了！至少我是這麼想的。不過，我知道媽媽出門的時候都會戴著它，其他的馬長大之後也是，所以，看在這些美味燕麥的份上，還有主人的安撫跟輕柔的話語，我還是乖乖戴上了口銜和轡繩。

在那之後我要適應的是馬鞍，這個東西比我想像得要好多了。當老丹尼爾抱住我的頭時，主人溫柔的將它放在我的背上，然後迅速的將肚帶穿過我的肚子下面並繫好，他一邊做一邊跟我說話，也拍拍我，接著再給我吃點燕麥，然後牽著我出去走走。主人每天都會這樣做，直到我開始主動尋找馬鞍好得到一些燕麥。有一天早上，主人終於坐上

▲主人帶我到釘蹄師的工廠。

了我的背，讓我到柔軟的草地上走走。雖然這種感覺有點奇怪，但能載著主人的確讓我感到非常驕傲。他每天都會騎著我奔跑一下，我也漸漸習慣了。

接下來，另一件不舒服的事情就是腳上的馬蹄鐵，一開始我覺得很不習慣。主人帶我到釘蹄師的工廠，確保我不會受傷也不會受到驚嚇。那位釘蹄師把我的腳放在他的手裡，一隻一隻的修剪我的蹄。我不覺得痛，所以就乖乖的用三隻腳站立，直到他修剪完畢。接著，他拿出一個鐵塊，形狀就跟我的腳一樣。他迅速的套到我的腳上，然後把這個鐵製的鞋子釘在我的蹄上、固定住。穿上馬蹄鐵後我的腳變得僵硬又沉重，但是一段時間之後也就習慣了。

這些就是主人訓練我戴上馬具的大致過程，但還有其他東西。首先是繫在脖子上又硬又重的馬軛，以及附眼罩的整副轡繩，眼罩就位在我的雙眼兩側，擋住兩旁的視線，我只能看見前面的東西。再來，有條穿過我尾巴下面的小轡繩叫做束尾帶。我好討厭束尾帶，穿的時候他們會把我的尾巴對折，再穿進那個小洞，這種感覺跟咬口銜一樣不舒服，讓我很想要踢人。但是我當然不會踢對我這麼好的主人，所以一段時間之後，我也慢慢習慣了，可以像媽媽一樣好好的工作。

在我的訓練過程中還有一件事情，而我一直認為這是個很好的訓練，讓我受益良多。有兩週的時間，主人把我送到附近的農場，那裡的鐵路邊緣有塊草地，我跟一些牛羊一起被送過去。

我站在那裡驚魂未定的喘氣。

第一次看見火車真是讓我永生難忘。當時我正在靠近鐵軌的草地邊緣靜靜的吃草，然後我聽見遠處傳來了一個奇怪的聲音，接著火車突然出現在我的眼前，隆隆作響還噴出煙霧。在我弄清楚之前，一串長長的黑色東西就快速的從旁邊經過，很快就消失在眼前。我嚇得趕緊轉身，以最快的速度跑向草地另一邊，然後站在那裡驚魂未定的喘氣。後來，那一天又有許多火車經過，有時會在停下來之前發出尖銳或吱吱嘎嘎的聲音，讓我覺得很害怕，可是牛群依然安靜的吃草，當那些黑色的嚇人東西帶著煙霧和聲響經過時，他們竟然連頭都沒有抬起來。

剛開始的那幾天，我完全無法好好吃草，但是後來，我發現那個可怕的東西並不會闖進來，也不會傷害我，也就不去理會它了。很快的，我就跟那些牛羊一樣，不在意那些火車了。

在那之後，我見過許多因為看見蒸汽引擎而驚慌焦躁的馬兒。感謝主人對我的訓練，讓我在火車站也可以像在馬廄一樣平靜。

所以，如果有人想要好好的訓練一匹小馬，就用這個方法吧。

主人經常讓我跟媽媽一起拉馬車，因為媽媽很穩重，還可以教我怎麼拉得比其他馬兒更好。媽媽告訴我，當我表現得更好，就值得更好的獎賞，所以盡量讓主人開心就是最聰明的方法。「但是，」她也告訴我，「人有很多種，有像主人一樣細心體貼的好人，任何馬兒為他服務都會感到榮幸；也有殘忍的壞人，不把狗或馬放在眼裡。除此之外，還有很多愚蠢的人，他們自以為是又傲慢，一點都不細心，從來不會仔細思考，這些人對馬匹的傷害才是最大的，因為他們不會認真對待馬匹，做什麼都是為了滿足自己的私慾。他們不是故意的，但是他們的行為卻依舊如此。我希望你可以遇到好人家，雖然每一匹馬都不知道是誰會將他買走，也不知道是誰會駕著他，全都只能憑運氣，但是不管在哪裡，你還是要盡力把事情做好、維護自己的名譽。」

4 波特維克莊園

往常這個時候，我會站在馬廄裡，讓人把我的毛刷得像烏鴉翅膀一樣黑亮。某一年的五月初，戈登先生派了一個人把我牽到大門前。主人對我說：「再見了，小黑，記得要當一匹好馬，隨時全力以赴。」我沒辦法跟他說「再見」，只能將鼻子湊到他的手裡，主人輕輕的拍拍我，然後我就離開了我的第一個家。既然我在戈登先生家住了好幾年，我就來說說那個地方吧。

戈登先生的莊園就在波特維克村的最外圍，它的入口有個很大的鐵柵門，那裡有個守衛室。進去之後有條平緩的小路，兩旁都是高大的老樹，然後會經過第二個守衛室和另一個柵門，柵門裡面有房屋和花園，再過去就是我們經常活動的小牧場以及果園跟馬廄。那裡有很多讓馬休息和停放馬車的地方，但我要說的是我住的那一個馬廄，那裡很寬敞，有四個圍欄，還有一個面向庭園的大窗戶，有風景可看也十分通風。

走進去之後，第一個圍欄是方形的，而且很大，有個木柵門；其他的圍欄就比較普通，不過都很不錯，雖然不像第一個那麼大。第一個圍欄的低處有個放乾草的網架和裝

穀粒的桶子，這個圍欄叫做放養欄，因為裡面的馬匹不用被拴起來，可以自由活動。這種放養欄真是太棒了。

馬夫把我牽到這個乾淨舒適又通風的放養欄，這裡簡直是我待過最棒的圍欄了。它的側邊並不高，我可以透過鐵欄杆的上方看見外頭。

馬夫給了我一些很棒的燕麥，並且拍拍我、親切的跟我說話，然後才離開。

吃完燕麥之後，我開始觀察周圍的環境，隔壁圍欄有一隻灰色、微胖的小型馬，他有濃密的鬃毛和尾巴、漂亮的外表，還有俏麗的小鼻子。

我把頭探出鐵欄杆跟他說話：「你好嗎？你叫什麼名字呢？」

他在牽馬索長度允許的範圍內轉過身來，抬頭說：「我叫歡樂腿，長得很帥吧？我是小姐的坐騎喔，有時候也會用小馬車載女主人出門。他們對我都很滿意，馬童詹姆斯也是。你住在隔壁嗎？」

「是啊。」我說。

「那麼，」他說，「希望你的脾氣還不錯，我不喜歡會咬人的鄰居。」

就在那個時候，有匹馬抬起頭，從歡樂腿另一邊的欄杆上冒了出來，她的耳朵向後貼著脖子，眼神看起來不太好惹。那是一隻栗子色的高大母馬，有著又長又好看的脖子。她看著我說：「原來把我趕出那個圍欄的就是你啊，為了像你這樣的小馬而把一位小姐趕出她的地盤，真是件奇怪的事。」

「妳說什麼？」我說。「我可沒有把誰趕走，是那位帶我來的人要我住在這裡的，這件事跟我一點關係也沒有。至於妳說我是隻小馬，我已經四歲，是隻成年的馬了。我從來不跟馬吵架，只想安靜的過生活。」

「喔，」她說，「我們以後就知道了。當然啦，我也沒興趣跟像你這樣的小伙子吵架。」我沒有回應她。

那天下午她出去的時候，歡樂腿跟我說了她的故事。

「是這樣的，」歡樂腿說，「辣薑生氣時有咬人的壞習慣，所以大家才叫她辣薑。她以前待在放養欄的時候就常常咬人，有一次她把詹姆斯的手臂咬到流血了，所以芙蘿拉小姐和潔西小姐不敢來馬廄，不然她們平常很喜歡我的，都會帶好吃的東西給我，像是蘋果、紅蘿蔔或麵包。但是自從辣薑住進那個圍欄之後她們就不敢來了，我好想念她們啊，如果你不會咬人，真希望她們可以再過來。」

我告訴他，我只咬過地上的草、乾草和穀粒，不太理解為什麼辣薑覺得咬人很好玩。

「我倒不認為她是為了好玩才咬人，」歡樂腿說，「那就是她的習慣吧，她說大家都對她不好，為什麼不能咬人呢？咬人固然不好，但如果她說的是真的，那她來到這裡以前肯定沒有被好好照顧。在這裡，馬夫約翰都會想盡辦法逗她開心，詹姆斯也是。我們的主人從來不用馬鞭對付乖巧的馬匹，所以我覺得她在這裡應該會比較開心才對。你也看得出來，」歡樂腿的眼神充滿智慧，「我已經十二歲了，算是見過不少世面，我敢說，在這附近你絕對找不到比這裡更好的地方。約翰是我見過最棒的馬夫，他在這裡已經十四年了，詹姆斯也是非常親切的孩子，所以辣薑必須換地方住，其實是她自己造成的。」

5 好的開始

我們的馬夫叫做約翰．曼利，他跟妻子和孩子住在馬廄旁邊的小屋。

我來到這裡的第二天早上，約翰帶我到馬廄外的院子替我刷洗了一番，讓我全身的毛髮柔軟又閃亮。正當我要回到圍欄裡的時候，戈登先生走進馬廄來看我，他看起來很滿意。「約翰，」他說，「我本來今天早上要來試試這匹新馬，但有其他事情要忙，不然就讓你帶他出去吧，早餐之後可以去公園和大馬路上，然後從磨坊跟河邊回來，這樣你就可以知道他的本領了。」

「是的，先生。」約翰說。早餐過後，他便幫我套上轡繩，為了讓我的頭舒適服貼，他非常講究的調整皮帶鬆緊。接著他拿了一個馬鞍，但它太小了，他很快就發現了這一點，又去拿了另一個過來，這個馬鞍的大小剛好。一開始，他讓我慢慢的走，接著開始小跑步，然後愈來愈快，進到公園的時候他輕輕的用鞭子拍了我一下，我們就暢快的奔馳了一番。

「慢點！小子，」他說，然後拉起轡繩讓我減速，「我想你會喜歡跟獵犬去打獵

的。」

當我們穿過公園回來的時候，遇見了戈登先生與他的太太，他們停下腳步，約翰也跳下馬來。

「約翰，他跑得怎麼樣？」

「一流的，先生，」約翰回答，「他快得就像頭鹿，性情也很好，用轀繩輕輕引導就行了。公園盡頭有幾輛長途馬車，其中一輛掛滿了籃子和地毯，你也知道，很多馬看到這個都會不安，但他只是看了一眼，就繼續穩定的前進，真是讓人滿意。大馬路附近也有人在射兔子，就在我們旁邊開槍，他稍微減速之後看了一眼，步伐完全沒有亂掉。我只是抓穩轀繩，也沒有催趕他。我想他小時候應該沒有受過驚嚇，也沒有被粗暴的對待，所以才能有這樣的表現。」

「非常好，」戈登先生說，「明天我會親自試騎。」

隔天，我就被帶去讓新主人試騎。我一直都記得媽媽和老主人的叮嚀，也都遵從新主人的指示。我發現他的騎術非常好，照顧馬匹也很周到。當我們回到家時，女主人在家門前迎接我們。

「親愛的，」她說，「你覺得怎麼樣？」

「就跟約翰說的一樣，」他回答，「是個討人喜歡的傢伙，沒想到我能擁有這樣的馬。我們該幫他取什麼名字好呢？」

公園盡頭有一輛掛滿籃子和地毯的長途馬車。

「你覺得『黑檀』怎麼樣？」她說，「他就像黑檀木那麼黑。」

「不，這個不好。」

「那『黑隼』呢？就像你叔叔的那匹老馬？」

「不，他比老黑隼帥氣多了。」

「是啊，」她說，「他真好看，還有張溫和又令人疼愛的臉。他的眼神多麼聰明啊！如果叫『黑神駒』，你覺得如何？」

「黑神駒——啊，這真是個好名字，就這個吧！」於是，黑神駒就成了我的名字。

約翰走進馬廄的時候，他跟詹姆斯說主人夫婦幫我取了一個好聽又適合我的本地名字，這意義重大，因為他們沒有用像馬蘭戈、佩加索斯或阿布達拉這種外國名字來稱呼我。他們都笑了，詹姆斯接著說：「如果是我的話，我想叫他『羅伯羅伊』，但這會讓人想起傷心的往事。他們兩個真是太像了。」

「他們當然像了，」約翰說，「你不知道他們都是格雷農夫養的老公爵夫人所生的嗎？」

我從來不知道這件事，原來在那次打獵中死掉的羅伯羅伊是我的哥哥！我當時並不曉得媽媽為什麼那麼難過，我以為馬之間的感情很淡的，畢竟被賣出去之後就再也不會相見了。

我似乎讓約翰很有面子，他會把我的鬃毛和尾巴梳得像小姐們的頭髮那樣柔順，也會跟我說很多很多話，雖然他說的話我不一定聽得懂，但也愈來愈能了解他的意思，還有他給我的指示。他溫柔又善良，好像能了解馬的所有感受，我非常喜歡他。他幫我刷洗的時候，都知道我比較敏感和怕癢的地方；洗臉的時候，他也會把我的眼睛當成是自己的眼睛一樣小心保護，從來都不會不耐煩。

詹姆斯．霍華則是這裡的馬童，他的個性穩重，有著溫柔和讓人愉快的特質，所以我在這裡住得很開心。還有另一位先生也在莊園裡工作，但我和辣薑很少跟他相處。

幾天後，我得跟辣薑一起拉馬車，我很擔心，不知道該怎麼跟她相處。但是除了一開始我被帶去找她時，她不太高興的把耳朵朝後貼著脖子以外，辣薑的行為舉止都很不錯。她很老實的工作，出的力也不比我少，我大概再也找不到比她更好的拉車搭檔了。

當我們遇到上坡時，她不但沒有減緩腳步，還會將身體壓向馬軛、奮力的前進。工作時，我們都大膽又勇敢，所以比起催促我們，約翰更常提醒我們要慢一點，不過我們從來沒有讓他有機會用上馬鞭。我跟辣薑的步伐愈來愈一致，小跑步的時候，我可以輕易的跟上她的步調，這樣拉車真是開心，主人跟約翰也很喜歡我們這樣拉車。我們一起工作兩、三次之後就變成好朋友，跟她相處讓我覺得很自在。

至於歡樂腿，我們也很快就成為要好的朋友。他的心情總是很好，勇氣十足、脾氣又好，是大家的開心果。他跟潔西小姐和芙蘿拉小姐特別要好，她們會騎著他在果園裡繞圈，跟狗狗費斯基一起玩耍。

主人還在另一個馬廄養了兩匹馬，一匹叫賈斯帝，他的毛是花色的，平常負責拉行李或是當坐騎；另一匹叫奧利佛爵士，是棕色的老獵馬，他已經退休了，但主人依然很喜愛他，會騎著他在莊園裡奔跑。奧利佛有時候會在莊園裡幫忙拉一些比較輕的貨物，或是當主人與女兒們一起出門時，他會負責載主人的一位女兒，因為他跟歡樂腿一樣值得信任，主人可以放心的將女兒交給他。賈斯帝長得強壯又勻稱，性情也溫和，我有時候會跟他在小牧場聊天，不過我還是跟辣薑比較親近，畢竟我們就住在同一個屋簷下啊。

6 失去的自由

我在新家過得很開心，如果要說有什麼美中不足的，那就是失去了自由。不過這並不是因為我不滿足，我身邊的人都對我這麼好，馬廄明亮又通風，還有最好吃的食物，我怎麼會不滿足呢？過去的三年半中，我有著如夢想般奔放的自由，但現在我得日復一日、年復一年的站在馬廄裡，只有工作的時候才能出去。工作時，也必須穩重又安靜，像隻已經工作二十年的老馬，還要綁上許多繩子、嘴裡咬著口銜，並戴上眼罩。我了解這就是工作的一部分，所以並不是在抱怨，我只是想要表達，對於像我這樣一匹年輕氣盛的馬來說，我已經習慣過去在寬廣原野上昂首甩尾、盡情來回狂奔，再跟同伴一起大口呼吸的樣子，很難不渴望擁有更多的自由。有時候我的活動時間比較少，當約翰帶我去運動的時候，身體裡就會有一股活力讓我無法安靜下來，只想好好的跳來跳去、躍起身子，尤其是一開始的時候。我想我應該讓約翰坐得不太安穩，但他依然保持著溫和與耐心。

夏季晴朗的星期天，是我們的自由活動時光！

「別衝動啊，孩子，」他說，「再等一下，我們就可以好好的扭腰擺臀，治治你的腳癢了。」當我們一離開村落，他就會讓我飛快的奔馳好幾公里，接著再一起神清氣爽的回家，他說這樣我就不會坐立不安了。當精力充沛的馬沒辦法充分運動的時候，就會比較神經質，但他們只是想玩，不過有些馬夫卻會因此處罰他們。但約翰不會這樣做，因為他知道這是馬匹旺盛的精力無處發洩的關係。他很擅長用不同的語調和韁繩讓我理解他的意思，當他變得比較嚴肅、要我確實遵從指示的時候，從他的口氣就可以聽得出來，這比什麼都還要管用，因為我非常喜歡他，會努力達

我們喜歡站在栗樹的樹陰下。

成使命。

有時候，我們會有幾個小時的自由活動時間，通常是在夏季晴朗的星期天，因為那時候主人會去附近的教堂，不需要馬車，這時候我們就會被帶到小牧場或是果園享受快樂的時光。那裡的草地清涼又柔軟，對我們的腳來說很舒服，微風中還帶有陣陣清香，能自由自在的想做什麼就做什麼，真是太棒了，我們可以奔馳或躺下，也可以在地上打滾，或是慢慢的啃食青草。那時也是我們聊天的好時機，大家會聚在栗樹的樹陰下一起度過美好的時光。

7 辣薑的童年

有一天，我跟辣薑一起站在樹陰下說了很多話，她問到我以前成長和訓練的過程，我便告訴了她。

聽完後，她說：「如果我的童年也跟你一樣，脾氣就可以和你一樣好吧。我想我這輩子都沒辦法做到了。」

「為什麼呢？」我問她。

「因為我的童年跟你的完全不一樣，」她回答，「不管是馬還是人都對我不好，所以我也沒有因為很喜歡誰而想要讓他開心過。我斷奶之後，就被迫跟媽媽分開，跟很多年輕的小馬養在一起，他們一點也不關心我，所以我對他們也很冷漠。我的主人跟你的主人不一樣，他不關心我、不會跟我說話，也沒有帶好吃的東西給我。照顧我們的人一點也不親切，雖然他沒有虐待過我，但他只會幫我們準備食物，還有在冬天的時候讓我們有地方住，其他的事情他都不會做。」

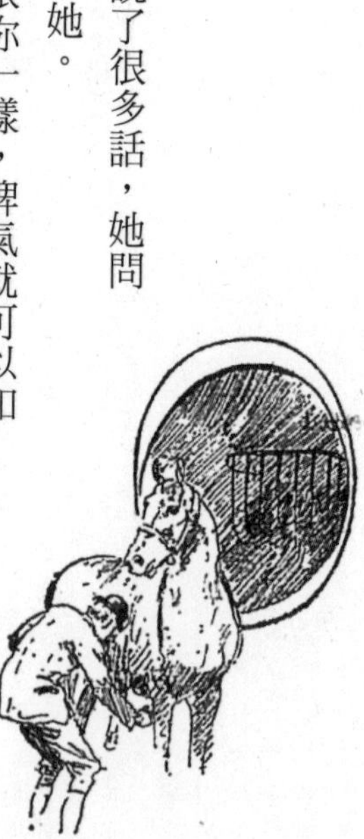

「我們的農場有條小路，有些小男孩在經過的時候常常拿石頭丟我們，想要讓我們跑起來。我沒有被石頭打中過，但我們當中有一匹小馬的臉被打到，傷口很深，那個疤

痕大概一輩子都不會消失吧。因為這樣，我們的性情也比較野，我們不喜歡那些小孩，也把小孩當成敵人。我們在草原上也有開心的時候，我們會追著彼此到處跑來跑去，也會站在樹下乘涼。接著就到了接受訓練的時候，那段時間真是痛苦。當時有幾個男人想要抓我，最後把我逼到農場角落，有個人抓住我頭上的毛，另一個人則是用力抓住我的鼻子，讓我幾乎快要不能呼吸，還有一個人用他粗硬的手抓住我的下巴、撐開我的嘴巴，然後粗魯的裝上口銜和牽馬索，接著就用牽馬索將我拖走，身後也有人用鞭子抽打我。這是我第一次體驗到人類的『善意』，全然的暴力，完全不給我機會去理解他們的想法。我的血統高貴，精力旺盛又比較野，確實為他們帶來很多麻煩，但是每天都被關在棚子裡真是太可怕了。我沒有自由，被拴著讓我很煩躁、只想掙脫。你一定了解這種感受，就算有個會哄你的好主人，你還是會嚮往自由，更何況我什麼都沒有呢？

「但還是有一個人能讓我服氣，讓我願意跟他一起做任何事，那就是我以前的老主人萊德先生。不過那時候他已經把大部分事業都交給兒子和另一個人了，偶爾才會過來看看。他的兒子是個又高又壯的禿頭男人，叫做山森，他常常吹噓自己能夠駕馭所有馬匹，絕不可能從馬背上摔下來。這個人不像他爸爸，一點也不溫和，而且非常嚴厲。他說話冷酷、眼神嚴肅，待人也很苛刻。剛認識他時，我就知道他只想把我的性情和力氣破壞殆盡，讓我變成一個安靜又卑微，只能順從他的『苦力』。沒錯，這就是他想要的。」

這時辣薑用力跺了跺腳，好像只要一想到這個人就會讓她燃起怒火。然後她繼續說：「如果我沒有按照他的意思去做，他就會非常生氣，要我在訓練場一圈又一圈的跑，直到我筋疲力盡。我想他應該喝了很多酒，也知道他愈常喝酒，我就愈沒有好日子過。有一天，他用盡各種方法折磨我，我累得癱在地上，既傷心又憤怒，這一切實在難以忍受。隔天他一大早就出現，又騎著我跑了好久，我只休息不到一個小時，他又帶著馬鞍跟韁繩走過來，還有一個新的口銜。我已經不太記得事情經過了，當時我們在訓練場，他才剛騎上來我就不小心激怒了他，他便用力拉扯韁繩。新的口銜讓我很不舒服，所以我就將身體立了起來，這讓他更生氣，於是開始鞭打我。我再也不想忍受了，所以卯足全力對抗他。我開始猛力的踢、爆衝，還不斷立起身子，跟他徹底鬧翻。他緊緊抓著馬鞍撐了一段時間，並且用馬鞭和馬刺毫不留情的報復我，但我已經發狂到全身的血液都沸騰了起來，只要能把他摔下去，其他的我都不管了。經過一陣慘烈的掙扎之後，我把他往後摔了出去，聽見他重重落地的聲音，便頭也不回的跑走了。我跑到訓練場的另一端轉身看他，那個虐待我的傢伙慢慢從地上爬起來，然後走回馬廄。我待在一棵橡樹下查看，但是沒有人來抓我。時間一點一點的過去，太陽也愈來愈烈，蒼蠅開始出現在我周圍、停在我身體兩側被馬刺鑿得流血的地方。我覺得好餓，一大早之後就沒有吃任何東西了，但地上的草連一隻鵝都餵不飽。我想要躺下來休息，但緊緊綁在身上的馬鞍讓我很難受，我一滴水也沒喝。就這樣到了下午，太陽愈來愈低，我看見幾隻小馬回

到馬廄，知道他們是要去飽餐一頓。

「終於，在太陽下山的時候，我看見老主人走了出來，手裡拿著篩網。他是一位白髮蒼蒼的老紳士，我一直都認得他的聲音，他的音調不高也不低，講話時中氣十足，聲音清楚又和善。當他發出指令時，音調總是穩定並且充滿決心，無論是馬還是人都願意遵從。他默默的走過來，不時搖動裝著燕麥的篩網，然後用輕快溫柔的口吻對我說：『來吧，萊西，來吧，萊西，靠近一點！』我站著不動，讓他走向我。他把燕麥湊到我面前，我便卸下防備吃起燕麥，聽到他的聲音我就再也不害怕了。

「老主人站在旁邊輕輕的安撫我，我身上的傷口似乎讓他很生氣。『可憐的萊西，太糟糕了，真是太糟糕了。』然後他輕輕拉起轠繩，把我帶回馬廄，當我看見站在門口的山森，忍不住把耳朵朝後貼著脖子，對他大發脾氣。『站遠一點，』主人說，『別擋住她的路，你今天對她夠壞了。』山森發出咆哮，大概是在罵我是個殘暴的畜生。『你聽好了，』主人說，『壞脾氣的主人絕對教不出好脾氣的馬，你還沒學會其中的道理，山森。』接著，主人把我帶回圍欄，親自取下我的馬鞍和轠繩，然後把我拴起來。

「老主人請人提了一桶溫水和海綿來，讓馬夫握住我的尾巴，他自己則脫下大衣，把我好好刷洗了一番。他很溫柔的對待我，彷彿能感受到我的傷和瘀青有多痛。『哎呀，小美女，站好，站好。』他的聲音讓我感到安心，我就這樣舒服的洗了澡。我的嘴角裂得很嚴重，被草梗弄得很痛，所以我沒辦法吃乾草。主人仔細看著傷口，然後搖搖

老主人說：「來吧，萊西！靠近一點！」

老主人站在我的旁邊，好好把我刷洗了一番。

頭，請人弄了一些加了玉米粉的麥糊，那真是好吃啊！柔軟又對傷口很好。在我吃東西的時候，他一直站在我身旁，一邊撫摸我一邊跟馬夫說：『像她這樣敢衝敢撞的動物，如果沒有用合理妥善的方法馴服，可是會惹出麻煩的。』

「在那之後，老主人就經常來看我，當我嘴上的傷都好了之後，一位叫做賈伯的訓練員就接手訓練我的工作。賈伯穩重又貼心，我很快就能理解他想要我做的事。」

8 制韁與辣薑

後來我又跟辣薑在小牧場聊天時，她說起了她以前待的第一個地方。

「訓練完之後，」她說，「我就被一個商人買走，跟一匹也是栗子色的馬一起工作。我們為他拉了幾星期的車，就被賣給一位外型時髦的男人，並送去倫敦。幫商人拉車的時候，我們身上用的是一種特殊的韁繩，叫做『制韁』，我非常討厭那個東西，我們在倫敦用的也是這種，而且還綁得更緊，因為我們常常拉車去公園和上流社會聚會的地方，馬夫跟主人認為這樣比較時髦。沒戴過制韁的馬兒都不曉得那是什麼，但它真的非常可怕。

「我跑的時候喜歡讓頭自然的上下擺動，就跟其他的馬一樣，但你可以想像一下，如果只能把頭抬得高高的，維持好幾個小時不動，被鞭打之後還得抬得更高，脖子肯定非常痛，痛得難以承受。不僅如此，我得含著兩個口銜，不像以前只需要含一個，而且它還很尖銳，我的舌頭和下巴都因為這樣受了很嚴重的傷。因為口銜和韁繩不斷的摩擦，舌頭流出的血就把口水染成了紅色，不停從嘴裡噴出去。還有，載小姐們去參加盛

制韁！實在是令人抓狂的東西。

大的派對或娛樂活動時，我們也要站著等待她們好幾個小時，如果跺腳或是露出不耐煩的樣子，就會被鞭子伺候，光是這樣就夠令我抓狂了。」

「主人都沒有為你們著想嗎？」我說。

「不，」她說，「他只在意時髦的外表，他們是這麼說的。我想他應該不了解馬，他把這些事情都交給馬夫，馬夫還跟他說我的脾氣很壞，因為以前沒有訓練好，也不適應制韁，但很快就沒問題了。可是他根本沒有想辦法讓我適應，當我在馬廄裡既生氣又傷心的時候，他只會罵我或打我。如果他可以對我客氣一點，我也會比較甘願。

「我是願意工作的，也願意勤奮的工作，但是為了他們虛榮的愛好而受盡折磨，我就會很生氣。他們有什麼權利可以這樣對我呢？我不僅嘴巴很痛，脖子也很痛，呼吸的時候都覺得很不舒服，可是我又不能不呼吸，所以就變得愈來愈焦躁，愈來愈容易發脾氣，可是我實在沒有辦法呀。後來，只要有人為我戴上馬具，我就會踢咬他們，然後招來一頓毒打。有一天，他們剛把我們繫上馬車，開始用韁繩拉扯我的頭時，我便奮力的

我們經常載小姐們去公園。

亂衝亂踢，把很多馬具弄壞了，我在那裡的日子也跟著結束。

「後來，我被送到塔特薩爾拍賣場，他們當然沒有在我身上打著性情溫和的招牌來吸引買家。不過很快就有一位男士因為我的外型和速度出價，最後是一位商人把我買下。他用很多不同的方式來試騎，也換了很多種口銜，所以很快就發現有些東西不能用在我身上，最後也就沒有選擇使用制韁了。一陣子之後，我又被貼上『極為溫馴』的標誌被賣給另一位男士。他是個好主人，我們相處得很愉快，他的老馬夫離去之後，來了一個新馬夫。這個人態度強硬，跟山森一樣苛刻，說話粗野又不耐煩，如果沒有馬上對他的指令做出反應，他就會用馬廄裡的掃帚或手上拿著的任何用具打我的腿。他不管做什麼都很粗魯，我也開始討厭他。他想要讓我畏懼他，但我一點也不怕他。某天他做出了比平常更令我憤怒的事情，我便咬了他，他當然也變本加厲，用鞭子打我的頭，那次以後他再也不敢靠近我的圍欄了，因為他知道我準備好痛咬、狠踹他一頓。雖然我跟主人在一起的時候很溫順，但是主人還是聽信了他的話，把我賣掉。

「然後我又遇到了之前買下我的那位商人，他說他知道有個適合我的地方，能讓我好好待著。『真可惜啊，』他說，『這麼好的一匹馬竟然遇到不懂得珍惜的人，她只是需要一個好好表現的機會。』所以我就來到這裡了，只比你早一點而已。可是我已經下定決心敵視每一個男人、好好的捍衛自己。這裡當然跟我以前待過的地方不一樣，但誰知道能持續多久呢？真希望我看事情的角度也能跟你一樣，但經歷了這麼多之後，我就

辣薑被送往倫敦的塔特薩爾拍賣場。

是沒辦法。」

「嗯，」我說，「如果妳咬或踢約翰或詹姆斯，那會很可惜的。」

「我不會的，」她說，「他們對我滿好的。但我有一次的確突然咬了詹姆斯，可是約翰還是叫他要好好對待我。我以為詹姆斯會報復，但他不僅沒有這麼做，還把手包紮好、帶著麥糊過來輕輕撫摸我，那次以後我就再也沒有對他發怒了，以後也不會。」

我對辣薑的遭遇感到很難過，以前我不太了解她，以為是她的想法太負面了，但經過一段時間之後，她變得愈來愈溫柔也愈來愈開心，以前當陌生人靠近時，她的臉上會出現防衛表情，但現在都不見了。有一天，詹姆斯還說：「我覺得那匹母馬好像開始喜歡我了耶，我今天早上摸她額頭的時候她有回應我喔！」

「當然啦，小詹，這就是波特維克莊園的祕方！」約翰說。「過不了多久，她就會跟黑神駒一樣棒的。對待那個可憐的傢伙，善良體貼是唯一的良藥啊。」主人也注意到了她的轉變，有天他跟往常一樣跳下馬車來跟我們說話的時候，他摸了摸辣薑美麗的脖子，然後說：「美女啊，最近都順利嗎？妳好像比以前開心多了喔！」

辣薑把鼻子湊到他的手裡，展現她的友善與信任，主人也溫柔的摸摸她。

「我想，我們把她救回來了，約翰。」主人說。

「是啊，先生。她進步很多，再也不像以前那樣了。不愧是波特維克莊園的祕方啊，先生。」約翰笑著說。

約翰經常說的玩笑話就是「波特維克莊園的祕方」，他說這可以收服所有凶惡的馬匹，只要：一磅的耐心、一磅的溫柔、一磅的堅定、一磅的安撫，加上半品脫的養馬常識，就是馴養馬兒的最佳祕方。

9 小型馬歡樂腿

布隆菲德牧師有七個孩子，其中有個女孩跟潔西小姐一樣大，有兩個男孩年紀稍長，其他幾個孩子的年紀比較小。他們有時候會過來找潔西小姐和芙蘿拉小姐玩，那就是歡樂腿忙碌的時候了，因為他們最喜歡輪流騎歡樂腿，在果園和小牧場跑來跑去，一玩就是好幾個小時。

有天下午，歡樂腿跟他們玩了很久，當詹姆斯牽他回來，並為他戴上牽馬索的時候說：「你這個調皮鬼，要注意你的行為，不然我們都會惹上麻煩。」

「你怎麼啦，歡樂腿？」我問他。

「喔！」他抬起頭說，「我只是小小教訓他們一下而已。他們不知道自己有多過分，也不知道我受不了了，所以我就把他們摔下馬背去，這樣他們才會懂。」

「什麼？」我說，「你把小孩摔在地上？我以為你知道不能做這種事！你摔了潔西小姐或芙蘿拉小姐嗎？」

他看起來有點不高興，接著說：「當然不是，我才不會對賞我美味燕麥的人做這種事呢！因為我跟主人一樣寶貝兩位小姐，我教訓的是那幾個年紀比較小的孩子。當他們

小型馬歡樂腿。

有點害怕或是坐不穩的時候，我可是柔順得像隻小貓，等他們騎得比較穩了我才加速，這樣他們才能適應。你就別對我說教了吧，我應該是孩子最好的朋友兼難得的騎馬導師才對。我教訓的不是兩位小姐啦，是那些男孩子。」他邊說邊甩了甩鬃毛，「男孩子可就不一樣了，他們需要被教導，就像我們小時候接受訓練一樣，要知道什麼時候該做什麼事。其他孩子騎了兩個小時之後，那幾個男孩覺得該輪到他們了，我也是這麼想的，所以就載他們跑了一陣子，在牧場和果園上上下下開心的跑來跑去。他們折了樹枝當作馬鞭，有點用力的打我，一開始我還沒有生氣，直到我覺得不應該繼續下去，就在路上停下來兩、三次想要提醒他們。但他們好像把馬當成蒸汽火車，或是某種只要鞭打就可以一直運轉的機器，想跑多快就跑多快，想跑多遠就跑多遠，彷彿馬不會累也沒有感覺。所以當他再次打我的時候，我就用後腳站立，把身體立起來讓他掉下去，就是這樣。當他又騎上來的時候，我就又做了一次。然後另一個男孩也騎上來，當他又用樹枝打我的時候，我就把他摔到草地上，直到他們了解不能再這麼做了，這就是今天所發生的事。他們不是壞孩子，也不是故意這麼殘忍，我其實滿喜歡他們的，但是我得教教他們騎馬的道理。他們把我帶回去給詹姆斯的時候說了這件事，但詹姆斯看到他們手裡的樹枝時不太高興，他說這是驅趕動物才會用的東西，有教養的小紳士不應該拿這個。」

「如果我是你，」辣薑說，「就會好好的踢他們一頓，這樣他們才會學乖。」

「妳絕對會這麼做，」歡樂腿說，「但我可沒有笨到惹主人生氣，或讓詹姆斯難堪。而且，跟他們一起玩的我也有責任，因為主人把他們託付給我。前幾天我才聽到主人跟布隆菲德太太說：『親愛的夫人，請您放心，歡樂腿會像我們一樣善待那些孩子，他的好脾氣簡直無可挑剔，也非常值得信賴，是我絕對不會割愛的馬。』我可不會忘恩負義，因為這幾個不懂事的孩子而變成凶惡的禽獸，不顧這五年來的種種恩情和信任，我不會這樣做的。妳以前沒有待過細心照顧妳的好人家，所以不了解這個道理，我替妳感到難過，但我相信良好的環境會產生出良好的馬匹，我不會讓這裡的人失望的，因為我

➜當男孩又用樹枝打我的時候，我就把他摔到草地上。

愛他們，真的很愛他們。」歡樂腿說完，便用鼻子發出低沉的呵呵聲，那是每天早上他聽見詹姆斯的腳步聲時，都會發出的聲音。

「而且，」他又繼續說，「踢了他們之後我還會在這裡嗎？他們大概會覺得我一點規矩也沒有，然後馬上把我賣掉吧，說不定我會淪落到肉販的孩子手上當奴隸，或是在某個靠海的地方，工作到死也沒有人關心，也可能會幫幾個要去週末狂歡的大人物拉車，然後一路被鞭打，這些事我在以前住的地方見多了，我不要，」他搖搖頭說，「希望我永遠不會落得那樣的下場。」

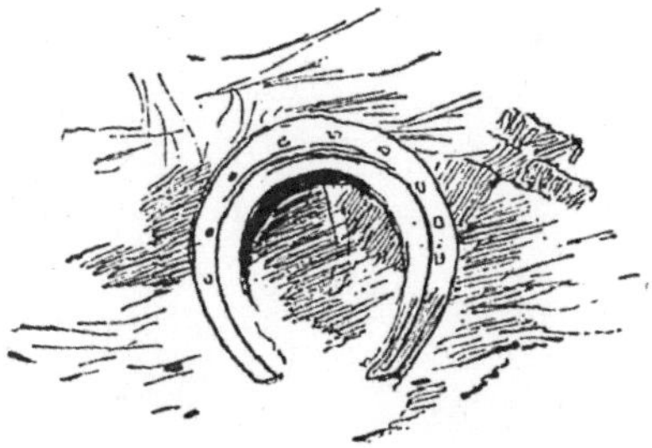

10

果園裡的對話

血統上，我跟辣薑和拉馬車的高大馬種不太一樣，我們有著賽馬的奔騰熱血。我們的身高大約有十五到十六個手掌高，適合騎乘也適合駕車。主人總是說他不喜歡只會做一件事情的人，馬也一樣，所以他想要活動力強又實用的馬，而不是帶去倫敦公園炫耀的馬。對我們來說，最有趣的事情就是大家一起套上馬鞍去郊遊了，主人騎著辣薑，女主人騎著我，兩位小姐則騎著奧利佛爵士和歡樂腿。大家可以一起愉快的出門跑跑，我們都感到很興奮。最吃香的馬就是我了，因為我載的是女主人，她很輕，聲音也很好聽，拉韁繩的力道非常輕柔，讓我幾乎感覺不到韁繩。

喔！如果大家都知道輕柔的力道其實會讓馬兒很舒服，也能讓馬擁有健康的嘴巴和好脾氣，就會改變自己平常拉扯韁繩的習慣了。我們的嘴巴很柔軟，如果沒有因為被粗暴對待而受傷或硬化，即使最細微的變化我們也可以感覺得到，然後馬上做出反應。我的嘴巴一直都很健康，我猜這也是女主人喜歡騎我更勝辣薑的原因，畢竟她跑起來的步調也很令人舒服。辣薑以前會羨慕我，說她是因為沒被懂馬的人好好訓練，還有在倫敦

主人騎著辣薑，而我的背上則是女主人。

用的奇怪口銜，才沒有像我一樣擁有健康的嘴巴。這時候奧利佛爵士就會說：「妳看，妳看，別這樣洩自己的氣，妳可是我們當中最光采的呢！妳有輕盈的步伐和活力，一隻母馬竟然能載著像主人這樣高大的男人，所以妳也不用因為載的不是夫人而自貶身價了。我們這些馬兒就隨遇而安吧，只要有人好好對待我們，就心滿意足、認真做事了。」

我一直很好奇為什麼奧利佛爵士的尾巴特別短，大概只有十六、十七公分長，上面的毛像玉米穗那樣垂下來。有一次，我趁著假日在果園的時候鼓起勇氣問他，是不是發生了什麼意外讓他的尾巴變成這樣。

「意外？」他哼了一口氣，露出

忿忿不平的表情。「這根本不是意外，這是人類殘暴、冷血又可恥的傑作！我小時候被帶到一個地方，他們專門做這種事。我被牢牢綁了起來、動彈不得，他們就把我美麗的長尾巴給剪了下來，甚至連肉和骨頭都剪斷了，然後尾巴就被拿走了。」

「真是太可怕了！」我驚呼一聲。

「是啊，真的很可怕。但可怕的不只是皮肉傷，也不只是漂亮尾巴被拿走的羞辱感，雖然我真的痛了很久，心理也受到創傷；最可怕的是我再也沒辦法用尾巴趕走身體兩側和後腿附近的小蟲了。對有尾巴的馬來說，這個動作簡單得連想都不用想。人類不知道蟲子在身上叮了又叮的感覺有多難受，我根本沒有東西可以揮舞。我一輩子都得承受這樣的委屈，也沒辦法再擁有尾巴了。感謝老天爺，他們不再做這種事了。」

「他們要馬尾巴做什麼呢？」辣薑問。

「為了時髦啊！」老爵士用力的跺腳，「就為了讓他們看起來更時髦！如果妳懂『時髦』是什麼意思。那時候，沒有一匹血統良好的小馬能逃過被送去剪尾巴的慘痛命運，他們真的不了解，造物主賜給我們身體的每一部分都是既實用又美麗的。」

「我想我在倫敦的時候頭被拉得高高的，還有那個可怕的口銜，應該也是為了時髦好看吧。」辣薑說。

「當然了，」老爵士說，「我認為時髦是世界上最不道德的事情，看看他們對待狗的方式，他們會把狗尾巴剪掉，讓狗看起來比較勇猛，也會把他們漂亮的小耳朵修剪得

果園裡的對話。

尖尖的。真的！我曾經有個好朋友，是一隻叫做絲凱的咖啡色獵犬。她很喜歡我；一定要在我的圍欄裡睡覺才行。她喜歡跟她五隻可愛的小孩窩在我的飼料槽下面，因為他們的品種珍貴，所以那五隻小狗才沒有在出生之後被淹死，絲凱跟他們在一起的時候非常快樂。但是有一天他們全都被帶走了，我以為有人怕我踩到他們，結果並非如此。那天晚上，絲凱把他們一隻一隻叼了回來，但他們都流著血、哭得好可憐，一點也不像平常快樂的樣子。他們的尾巴都被剪了，柔軟的耳朵也被剪去了一大半，絲凱傷心的神情和舔舐著他們的樣子真是令人心疼，我絕對忘不了那一幕。後來他們的傷口漸漸癒合，也慢慢忘記疼痛，但那片柔軟又漂亮的耳朵，那雙用來阻擋塵土、提供保護的耳朵就永遠消失了。人類怎麼不剪自己小孩的耳朵，好讓他們看起來更時髦呢？怎麼不修剪自己的鼻尖，讓自己變得更勇猛呢？這樣不是也很合理嗎？他們究竟有什麼權利可以毀壞造物主的作品？」

平常溫柔和善的奧利佛爵士，講起往事也變得激動不已。我從來沒有聽過這樣的事情，那好可怕，讓我瞬間升起一股對人類從未有過的不滿情緒。辣薑自然也是非常激動，她猛然抬起頭，眼中閃著怒火，並鼓著鼻孔宣告：「人類都是殘暴又無知的傢伙。」

「是誰在罵人無知呀？」歡樂腿走了過來，他才剛在老蘋果樹下把身體磨蹭了一番，「是誰在罵人無知呀？這應該是個不好的字眼吧？」

「不好的字當然是用來罵壞人的。」辣薑說，然後告訴歡樂腿剛才奧利佛爵士所說的事情。

「這倒是真的，」歡樂腿哀傷的說，「我已經在我待的第一個地方看過不曉得多少這樣的狗了。但在這裡我們不太談論這些，因為主人、約翰跟詹姆斯都對我們很好，在這裡罵人類好像有點不知感恩，對他們不太公平。除了這裡，也有很好的主人和馬夫，當然我們家是最棒的。」

歡樂腿這番話說得真好，我們也頗為認同，所以也冷靜了下來，尤其是奧利佛爵士，他跟主人有著非常深厚的感情。為了換個話題，我就說：「那有誰知道眼罩是做什麼用的嗎？」

「不知道，」奧利佛爵士馬上回答，「因為那完全沒有用處。」

「眼罩喔，」花色的賈斯帝用他獨有的沉著語調說，「應該是要避免馬匹因為受到驚嚇而突然閃避或是跳起來，不然可能會發生意外。」

「那為什麼沒有讓坐騎馬戴眼罩呢？特別是女士們騎的馬？」我問。

「除了好看，」他靜靜的說，「我想不到任何理由。他們說拉馬車時，馬匹會被身後滾動的輪子嚇到，並且想要逃走，但是在擁擠的街上，馬一樣會看到輪子啊。我承認，如果太靠近輪子的確會有點不舒服，但還不至於因此跑走，我們都知道那是什麼，也已經習慣了。如果是沒戴過眼罩的馬，就不應該戴，因為我們應該要看清楚周遭的東西，並且去了解那是什麼，他們不應該想辦法把我們不認識的東西遮起來，這樣反而會讓我們更害怕。當然啦，有些馬在年輕的時候可能受過驚嚇或是被傷害過，這樣的馬比較容易緊張，讓他們戴上眼罩可能會比較好，但我不是那種會緊張的馬，所以也不曉得

戴眼罩是不是真的比較好。」

「我認為，」奧利佛爵士說，「在晚上戴眼罩很危險，因為在黑暗之中，馬看得比人更清楚，如果沒有遮蔽馬的視線，也許可以避免很多意外。我記得幾年前的一個夜晚，有兩匹馬拉著裝了棺材的車回家，經過史派洛農夫家的時候，那裡有個很靠近路邊的池塘，因為輪子靠得太近，馬車就翻進池塘，兩匹馬也被馬車拖下去溺斃了，駕駛也沒有逃出來。在那次意外之後，池邊就搭起了堅固的白色欄杆，好讓人看清楚，但如果那兩匹馬沒有戴眼罩，他們就會懂得離池塘遠一點，意外也就不會發生。在你來之前，主人的馬車也翻覆過，聽說要不是因為左邊的路燈熄滅了，約翰就會看見鋪路工人留下的大坑洞，也許真是如此吧，但如果老馬柯林沒有戴眼罩，不管燈有沒有亮他都會看見那個洞，因為他有豐富的拉車經驗，不會讓自己陷入危險的。那次他傷得很嚴重，馬車也壞了，沒有人知道約翰是怎麼逃出來的。」

「我覺得，」辣薑說，「這些聰明的人類應該要下令——以後所有的馬都要把眼睛長在臉的正中間，而不是長在兩側。他們總是認為上天賜予的都不夠好，要自己動手改良呢。」

國外有些人會透過聲音來訓練馬匹。

說完這些，我們又感到一陣沮喪。這時歡樂腿彷彿想到了什麼，開口說：「我告訴你們一個祕密，約翰應該不喜歡眼罩。有一天我聽見他跟主人談論這件事，主人說如果是已經習慣眼罩的馬，不讓他們戴眼罩的話，在某些狀況下反而不安全。約翰說，他覺得訓練小馬的時候不用眼罩比較好，國外有些人就是這樣做的。所以我們別消沉了，一起跑去果園的另一頭吧，風一定把蘋果都吹下來了，我們去大吃一頓！」

我們都抗拒不了歡樂腿的提議，所以拋下了剛才的話題，跑到樹下津津有味的啃食散落在草地上的蘋果，精神也因此提振了不少。

11 戈登先生坦率的忠告

在波特維克莊園住得愈久，我便愈是對此感到開心與驕傲。認識主人夫婦的人都十分敬愛他們，因為他們待人處世都非常親切和善，不只是對人，他們對所有馬、驢、貓、狗、牛和鳥也都是如此，即使是曾經受到欺壓虐待的動物也能跟他們成為朋友，在這裡為他們工作的人也會效法這樣的好心腸。如果村裡有小孩對動物不好，他們很快就會收到主人家的關心詢問。

聽說主人跟格雷農夫曾經一起花超過二十年勸大家不要在馬匹身上使用制韁，所以你幾乎不會在這一帶看見這種東西。有時候，如果女主人遇到拖著重物的馬匹，而他的頭還被拉得高高的，她就會跳下馬車，用甜美又堅定的語氣跟駕駛理論，告訴他這樣做不但沒有好處還很殘忍。

我想應該沒有人說得過女主人，真希望女士們都可以像她這樣。以前，主人有時候也會跟他人理論，我記得有天早上他騎著我準備回家，有個健壯的男人駕著一輛輕便馬車往我們這裡前進。拉車的是一匹漂亮的棗紅色小型馬，有著細長的腿和純種馬精緻的臉龐。當他們接近莊園大門時，那匹馬便往大門的方向前進，但駕駛沒有提醒他就直接猛力拉扯、扭轉他的頭，害他差點扭斷腰，但他還是把腳步站穩、繼續拉車。而那位駕駛卻開始生氣的用鞭子抽打他，小馬也拚命往前衝，但又被強壯的手臂往後拉，簡直快把他的下巴給扯斷，同時鞭子依然不停的揮舞。這一幕太可怕了，他敏感的嘴巴一定無法承受那樣的劇痛。這時主人輕呼我一聲，我們立刻跑上前去。

「索耶，」主人嚴肅的說，「那匹馬也是有血有肉的吧？」

「不僅有血有肉，脾氣還很大呢，」他回答，「他意見太多了，一點都不聽話。」他的語氣似乎帶著憤怒。他是個建築商人，之前常到莊園裡工作。

「而你認為，」主人說，「這樣對待他，他就會樂意遵從你的指示嗎？」

「他根本不應該轉彎，直直走就好啦！」那個人粗魯的說。

「你之前常駕著他去我家，」主人說，「這代表他很聰明，記得這條路。他怎麼知道你今天不是要去同一個地方呢？不過這跟我要說的沒有太大關係。我得告訴你，索耶，我一點也不希望看到有人如此殘忍的對待一匹小馬，你讓怒氣駕馭了自己的理智，這對你人格的損害比對馬造成的傷害還多。請你記得，我們對一個人的評價是好是壞，都取決於他的所作所為，無論是對待動物還是對待人。」

主人慢慢騎著我回家，我聽得出來，這件事讓他很難過。主人跟任何人都能侃侃而談，不論對方的身分地位跟他一樣或是較低的人。就像有一次，我們遇見了朗里上尉，

主人說：「索耶，那匹馬也是有血有肉的吧？」

他是主人的朋友，駕著一對外型亮眼的灰馬在休息。他們交談了一陣子之後，上尉說：「你覺得我的這兩匹新成員怎麼樣，戈登先生？你是這一帶公認最懂馬的人，我想聽聽你的意見。」

主人要我往後退一點，好讓他可以仔細看看。「像他們這麼英俊挺拔的馬實在很少見，」他說，「如果他們的狀況就跟外表一樣，你大概找不到更好的馬了。但你手裡握的可是會令他們不安又消耗體力的東西啊。」

「什麼意思？」朗里上尉說，「制韁嗎？喔！我知道你一向反對這個，但老實說，我喜歡馬匹把頭抬得高高的樣子。」

「我也是啊，」主人說，「大家都喜歡，但我不希望他們是被迫的，這樣一點也不好看。你是個軍人，朗里，一定希望自己的隊伍展現出雄壯威武的感覺，『抬頭』就是其中一種方式，但如果把士兵的頭都固定在背板上，你應該不會因為這種訓練方式而獲得美名吧？如果是為了閱兵典禮，這麼做除了讓士兵感到疲累不舒服，也許不會有太大的問題，但如果是在戰場上面對敵人的時候呢？他們必須能夠靈活運用身上的每一條肌肉、卯足全力，否則很難打勝仗。馬匹也是一樣啊，當你讓他們感到煩躁不安、使不上力氣，他們很難拿出最好的表現，肌肉和關節就得更用力才能完成工作，這樣當然會容易累嘍。馬都希望自己的頭能夠自由活動，這是必然的，如果我們可以多從簡單的道理著手，少追求一點美觀，就會發現很多事情其實很容易。而且，你我都知道，如果馬頭被往後綁住的情況下摔倒了，復原的機率就會降低許多。」主人笑著說。「我把我的意見仔細的告訴你了，你要不要試著接受看看呢，上尉？你的做法可是很有影響力的喔。」

「我想你的看法是對的，」上尉說，「那個士兵的例子可說是一針見血。但……嗯，我會好好思考的。」說完，我們便向彼此道別。

12 狂風暴雨的一天

秋末的某一天，主人要出遠門去談生意，由我幫他拉一台小拖車，約翰也會一起同行。我很喜歡拉這種小拖車，因為它很輕，大大的輪子轉啊轉的，我的心情也跟著開朗起來。前幾天下了大雨，現在的風很大，一瞬間就能將枯葉吹到馬路的另一邊。我們一路上都很開心，最後來到木橋邊的收費站。這條河的兩岸比水面還要高出許多，但這座木橋卻離水面很近，如果河水大漲，水面就會逼近橋中央的木板，不過橋的兩側有堅固的欄杆，所以大家並不是很在意。

我聽到收費閘門邊的人說河水上升得很快，今晚恐怕會有危險。附近有很多草地都被水淹沒了，這條路也有一段比較低窪，水深大約到我膝蓋的一半，不過路面還是好的，踩起來並沒有問題，主人輕輕的帶我經過，所以沒有發生什麼事。

抵達小鎮後，我當然好好休息了一番，但是主人談了許久的生意，所以我們直到傍晚才動身回家。那時候的風又更大了，主人跟約翰說他從來沒有在如此狂風暴雨下外出。當我們沿著樹林邊緣前進時，連粗壯的樹枝都被吹得不斷擺動，聲音聽起來可怕極了。

「希望我們可以安全穿過這片樹林。」主人說。

「是的，先生，」約翰說，「如果樹枝掉下來砸中我們，可就不妙了。」話才剛說完，我就聽見轟隆隆的聲響，接著是一陣劈哩啪啦的斷裂聲，原來是一棵橡樹從根部斷裂、倒了下來，阻斷了前方的路。我可不會逞強，我當時真的很害怕。我停下腳步不敢動，大概嚇得發抖了吧，不過我沒有亂竄或跑走，因為我受過良好的訓練。這時候，約翰馬上跳過來站在我旁邊。

「真是好險，」主人說，「現在該怎麼辦呢？」

「先生，我們沒辦法跨過那棵樹，也不能從旁邊繞過，只能回剛才的十字路口了。從那裡走另一條路的話，離木橋還有整整九公里，我們很晚才能到家，但黑神駒的精神還不錯。」

於是我們往回走，在十字路口轉向另一條路。當我們抵達木橋時，天色幾乎全暗了，水面也升到跟橋面差不多的高度，不過水位會波動，有時候比橋面低一點，所以主人不打算停下來，接著我們就以穩定的速度繼續前進。

就在我踏上橋的一瞬間，我馬上有一股強烈的感覺，覺得這座橋不太對勁，所以就不敢再往前走，決定停下來。

「繼續呀，神駒。」主人說，用鞭子輕拍了我一下，但我還是不敢移動，所以他又用力的拍了我一下，我跳了起來，但還是不敢往前。

主人說：「真是好險。」

「好像不太對啊，先生。」約翰說，他從拖車上跳下來，走到我旁邊四處張望，然後試著帶我往前。「走啊，神駒，怎麼回事啊？」我當然沒辦法告訴他，但我很清楚這座橋不安全。

就在那個時候，收費員從屋裡跑了出來，瘋狂的揮舞手上的燈並大喊：「嘿、嘿、嘿！停下來！」。

「什麼事啊？」主人大聲問他。

「橋斷了，中間有一部分已經被水沖走，現在過橋會掉進河裡。」

「謝天謝地！」主人說。

「幹得好啊，神駒！」約翰說完便牽起韁繩帶我走上河岸右邊的馬路。

不知道什麼時候，太陽已經落下

了，在那一陣將樹連根拔起的狂風之後，這場暴風也平緩了許多，眼前的景色愈來愈暗，也愈來愈寧靜。我在路上輕快的跑著，輪子在柔軟的土地上滾動，幾乎沒有發出聲音。

有段時間主人跟約翰都很沉默，然後主人開口了，語調有點嚴肅。我沒有辦法聽懂他們說的每一句話，但我想他們是在說，如果我當時按照主人的指示往前，那座橋就會在我們的腳下斷裂，無論是馬匹、拖車，還是人，都逃不過掉進河裡的命運。那時水流那麼急，天色又暗，旁邊也沒有人可以幫忙，我們很可能會溺死。

主人說，上天賜給人類邏輯推理的能力，讓他們可以去尋找問題的答案；但祂賜給動物的是另一種東西，雖然不是邏輯推理，可是卻迅速又正確，也經常挽救人類的性命。接著約翰就說了很多有關馬和狗的故事，他們做了很多很棒的事，還說人類太小看動物了，應該要跟動物好好培養感情才對。我相信，約翰跟所有動物都是好朋友。

終於，我們回到了莊園的大門口，發現園丁正在外頭找我們。他說天黑之後女主人變得非常焦急，擔心我們是不是發生了意外，所以就請詹姆斯騎著賈斯帝前往木橋探聽我們的消息。

主人的家門口和樓上都亮著燈，我們走上前時，女主人跑出來說：「路上都平安嗎，親愛的？噢！我好擔心，胡思亂想了好多事情，沒發生什麼意外吧？」

「沒事，親愛的。要不是妳的黑神駒聰明過人，我們都會從橋上掉進河裡去。」他

橋已經斷了，中間有一部分被水沖走了。

們走進屋內，接下來的對話我就聽不見了。約翰帶我回到馬廄，喔，那頓晚餐真是美味啊！有好吃的麥糊、碎豆子跟燕麥，他還幫我鋪了厚厚的稻草床，真是太棒了，因為我好睏啊。

13 魔鬼的特徵

有一天，我跟約翰一起出門幫主人辦事。回家時，在一條又直又長的路上，我們看見不遠處有個騎著小型馬的男孩，他正指示自己的馬兒躍過一座柵門。但是那匹小型馬沒有跳起來，所以男孩就用鞭子抽打他，於是小型馬轉身朝向旁邊；男孩再度揮鞭，小型馬又轉向了另一個方向。男孩跳下來揍了小型馬一頓，還用力拍打他的頭，接著又上馬毫不留情的一直猛踢，要小型馬跳過柵門，但小型馬依然不願意配合。

當我們靠近他們的時候，那匹小型馬低下頭、後腳向上蹬，俐落的讓男孩摔進一道很寬的矮灌木園籬裡，然後頭上掛著韁繩全速狂奔回家。看見這一幕，約翰大聲笑了出來。「活該！」他說。

「喔，喔，喔！」男孩在滿是荊棘的園籬裡掙扎大喊。「過來幫我！」

「你忘了說請，」約翰說，「我覺得你很適合待在這裡啊，一點皮肉傷應該可以讓你學會不要強迫小型馬跳這麼高的柵門。」說完，約翰跟我就離開了。

「那個小傢伙，」約翰自言自語，「除了虐待動物，搞不好也很會說謊，我們先繞

去布希比農夫那裡再回家吧，神駒。如果有人好奇剛剛發生了什麼事，我們就可以告訴他。」於是我們便往右轉，不久就到了堆穀場和農夫家。布希比農夫正著急的走向大馬路，他的太太站在大門前，看起來很驚慌。

「你有看到我兒子嗎？」布希比農夫說，「他一小時前騎著我的小黑馬出去了，但馬卻自己跑回來。」

「先生，我倒認為，」約翰說，「馬背上沒有人是好事啊，除非上面的人懂得怎麼好好騎馬。」

「什麼意思？」農夫說。

「是這樣的，先生，我看到你兒子對著那匹馬揮鞭子，還拳打腳踢，一點也不手軟，只因為小馬不肯跳過一座柵門，但是那個柵門太高了，他根本跳不過去呀，你的小馬表現得很好，一開始都沒有反抗，直到最後一刻才把你兒子翻到荊棘叢裡。你兒子想要我幫他一把，但請你原諒，我並沒有這麼做。他並沒有骨折，只是受了點皮肉傷。我是個愛馬的人，看到他們被殘忍對待實在讓我很生氣，竟然把一匹小馬給氣跑了，他不應該這樣對待馬匹的，我擔心他會再犯啊。」

這時，男孩的媽媽哭著說：「噢，可憐的比爾，我要去找他，他一定受傷了。」

「妳還是回屋裡去吧，」農夫說，「這是比爾自找的，我要確保他這次真的學乖了。他不是第一次這樣欺負小馬，也不是第二次了，我不能讓這種事再度發生。非常感謝你，約翰。晚安了。」

於是我們啟程回家，約翰一路上都忍不住咯咯笑。回到家後，約翰跟詹姆斯說了這件事，他也大笑了一番，然後說：「活該。我認識他，在學校的時候他就很自以為是，仗著爸爸有一座農場，到處神氣活現的欺負年紀小的孩子。當然我們這些高年級的孩子並不認同，還告訴他：『不管是在學校還是在遊樂場，農夫的孩子跟工人的孩子都是平等的。』我記得很清楚，某天下午課程開始之前，我發現他在窗邊抓小蟲，然後拔掉翅膀。他沒有注意到我，我真是氣壞了，所以就賞了他一巴掌，他倒在地上大吼大叫，把一群孩子從遊樂場吸引過來，老師也急忙跑進來查看。我當然就立刻把剛才的事照實說了一遍，以及我這麼做的原因。我把蒼蠅拿給老師看，有些已經被壓扁了，有些則是無助的爬來爬去，我還讓老師看了窗台上的翅膀。老師從來沒有這麼生氣過，但因為比爾還在地上哀號大哭，就像他摔下馬那樣，所以老師也沒有打他，但是罰他整個下午都要坐在板凳上不能動，而且那個星期都不能出去玩。後來老師就嚴肅的跟大家談論各種殘暴的行為，說傷害弱小和欺負需要幫助的人，其實是懦弱且冷酷的表現。讓我印象最深刻的，是他說殘暴是魔鬼的最大特徵，如果有人以虐待他人為樂，就是魔鬼的朋友，因為魔鬼就是殘害生命、讓別人痛苦的人；如果友愛鄰居，對人和動物都很友善，那就是上帝的朋友。」

「老師少說了一件事，」約翰說，「要談論宗教，得先講愛，人大可以談論宗教，但如果這個宗教沒有教導他們要做個好人、善待人與動物，那這個宗教便是一場騙局。騙局啊，詹姆斯，如果將所有事情攤在陽光底下，他們將無所遁形。」

14 值得信任的馬童詹姆斯

十二月的某個清晨，完成例行運動之後，約翰帶我走回圍欄，並幫我披上馬衣。當詹姆斯拿著燕麥從穀倉走過來的時候，主人也走進了馬廄，他看起來很嚴肅，手裡有一封打開的信。約翰把我的柵門關上、摸了摸帽子，等待主人開口。

「早安，約翰，」主人說，「你對詹姆斯有沒有什麼不滿意的地方？」

「不滿意？沒有啊，先生。」

「他工作勤奮，也很尊敬你嗎？」

「是的，先生，他一向如此。」

「他有沒有趁你不注意的時候偷懶？」

「從來沒有，先生。」

「很好，但我還有一個問題。當他帶馬兒出去運動，或是傳遞口信時，你覺得他會不會在中途停下來跟人聊天，或是走進他不該去的地方，把馬留在外頭？」

「不，先生，絕對不會。如果有人這樣說詹姆斯，我也不會相信，除非他能證明給

我看。我不曉得是誰要損壞詹姆斯的名譽，但我認為沒有人比他更穩重、誠實、聰明又討人喜歡了。我一向很信任詹姆斯所說的話、所做的事，他對馬兒很溫柔，照顧他們的動作也很熟練，我寧願把馬交給他，也不願交給其他年輕的馬夫，因為在我眼裡，這些年輕馬夫有半數都不及格。如果有人想知道詹姆斯·霍華是個怎麼樣的人，」約翰毫不猶豫的把頭抬得更高，「那就請他來找約翰·曼利。」

主人嚴肅又專注的聽完這番話，然後露出了極為滿意的笑容，親切的望向站在門邊動也不敢動的詹姆斯，說：「詹姆斯，小老弟啊，過來吧，先把燕麥放著。我很高興，因為我也十分認同約翰的看法。」主人說，並露出一個逗趣的微笑。「約翰很謹慎，不會輕易評論他人，所以我就想了這個辦法來套他的話，這樣我也能很快找到答案。現在我們可以來談談正事了。我的小舅子寄了一封信給我，也就是住在克里夫莊園的克里夫·威廉斯爵士。他希望我可以幫忙找一位值得信賴、懂得照顧好馬兒的馬夫，年紀大約二十或二十一歲。原本幫他駕車的馬夫跟他住了三十年，體力開始衰退，他想要先找個人跟他一起工作、熟悉他的做事方法，等他退休後就可以接替他的工作。起薪是一週十八先令[1]，配給一套馬廄工作服、一套駕車制服，馬車棚也會備有一間臥室，還有一位男孩擔任助手。威廉斯爵士是個好主人，如果你接受這份工作，會是個不錯的新開始。當然，我也不希望你離開，你就像是約翰的左右手，如果你走了他可是會很頭痛的。」

「這是當然了，先生，」約翰說，「但我不想阻礙他的大好前途。」
「你幾歲了呢，詹姆斯？」主人說。
「明年五月滿十九歲，先生。」
「年輕了點，你覺得呢，約翰？」
「是有點年輕，先生。但他已經穩重得像個成年人了，他強壯、體格良好，雖然駕車的經驗不多，但手勁輕巧又穩定，反應很快也很細心，我相信被他照顧的馬兒連一點小傷都不會有。」
「你的評價就是最好的保證，約翰，」主人說，「因為威廉斯爵士還附加了一句：『如果是約翰訓練出來的人，那就是最佳人選了。』所以，詹姆斯老弟，你考慮一下，晚餐的時候跟你媽媽聊一聊再告訴我你的決定。」
幾天之後，詹姆斯基本上已經確定要去克里夫莊園了，如果威廉斯爵士的時間可以配合，詹姆斯大概在四到六個星期內就會出發。在這段時間內，詹姆斯也會練習駕車，盡可能的學習，所以馬車出入也比以往更頻繁了。以前沒有女主人同行的時候，主人會自己駕兩輪輕便馬車；而現在，無論是主人還是小姐們，甚至只是跑跑腿，就會由我跟

1 譯注：英國幣制改革前的幣值，一先令等於十二便士，而一英鎊約為二十先令。

辣薑拉大型馬車，讓詹姆斯擔任駕駛。一開始約翰會跟他一起駕車，告訴他許多注意事項，最後都由詹姆斯獨自駕車了。

也因為這樣，我們在星期六跟主人去了城裡好多地方，經過一些奇怪的街道，真是有趣。當主人要去火車站的時候，正好有火車進站，有很多出租馬車、私人馬車、貨車和公共馬車都在等待鐵路鐘聲響起、準備過橋，這個時候就需要訓練有素的馬匹和馬夫了，因為那座橋很窄，而且到火車站之前還有一個急轉彎，如果沒有細心查看、保持警覺，大家可是會撞在一起的。

15 旅館的老馬夫

有一天，主人夫婦決定去拜訪幾個朋友，路程大約七十公里，由詹姆斯駕車。第一天我們跑了五十公里，途中有些又長又陡的坡，但是詹姆斯非常謹慎細心，所以我們一點也不擔心。詹姆斯絕不會在下坡時忘記把煞車桿拉起，也會適時將它放下；他總是讓我們走在路面最平滑的地方，如果遇到很長的上坡，他就會調整輪子讓馬車不會往後滑，還會時不時的讓我們喘口氣。這些小細節都會讓馬兒舒服很多，當他加上一些好聽的安撫話語，效果就更棒了。

我們在途中休息了一、兩次，在太陽下山的時候抵達了預計要過夜的小鎮。我們的旅館在市集裡面，它非常大，拱門後面有一座長形花園，盡頭處才是馬廄和停放馬車的地方。旅館的兩位馬夫幫我們卸下行李，帶頭的是一位個子不高的活潑男士，身穿黃色條紋的西裝背心，有一條腿行動不便。他卸下馬具的動作相當迅速，我從未見過哪一位馬夫動作比他還快。他拍拍我又親切的說了一些話之後，便帶我走進一個有六到八個圍

欄的長形馬廄，裡面已經有兩、三隻馬。另一位馬夫帶辣薑過來之後，他們便開始幫我們搓揉和清潔全身，而詹姆斯全程都跟在一旁。

那位老馬夫輕柔又迅速的清潔動作我可是第一次遇到。在他完成之後，詹姆斯走上前來徹底檢查，似乎擔心他沒把我洗乾淨，但卻發現我的毛非常整潔，像絲一般柔滑。

「啊，」他說，「我覺得自己的動作滿快的，約翰又比我更快一點，但你洗得又快又好，是我見過功夫最棒的人。」

「熟能生巧啊，」那位行動不便的老馬夫說，「不然就說不過去了，畢竟我也做了四十年，還做不好的話就糟了，哈哈！要說起速度嘛，老天保佑，我認為這只是習慣問題，不管快或慢都是可以養成的。不過我的健康狀況也沒辦法讓我慢吞吞的花兩倍時間工作。老天保佑！

「有些人會一邊吹口哨一邊慢慢工作，我可沒辦法。你知道，我從十二歲就開始跟馬兒一起混了，我待過獵馬還有賽馬的馬廄，加上我這麼瘦小所以當過幾年騎師，但在古德伍德賽馬場的時候，那裡的草皮很滑，我可憐的馬兒飛燕就滑倒了，我也傷了膝蓋，就沒辦法再做下去了。可是我又離不開馬啊，我這麼愛馬，所以就轉做旅館的馬夫嘍。跟你說啊，能遇到你這匹馬真是我莫大的榮幸，血統好、儀態優雅，也被照顧得很好，老天保佑！我一眼就能看出馬兒平常受到什麼樣的對待，讓我跟馬兒相處二十分鐘，我就可以告訴你他的馬夫是個怎麼樣的人。

「像這匹馬，人見人愛又安靜，對指令服從得恰到好處，洗腳的時候還會抬腿，你開心他也開心。別的馬匹就很焦躁不安，不會按照你的意思動作，或是會跑來跑去，當你靠近的時候猛然抬頭，你會發現他耳朵向後貼著脖子，似乎很害怕的樣子，不然就是抬腿踢你，可憐的傢伙！我都知道他們承受過什麼。膽小的馬匹如果受到虐待就容易受到驚嚇或是跳起來；如果是精力充沛的馬匹，他們就會變得很壞、很危險。老天保佑，照顧馬兒就像帶小孩，脾氣都是從小養成的。《聖經》裡不是說嗎：引導他們走上正途，就算老了也不會偏離。」

「真開心能聽你說這些道理，」詹姆斯說，「我們也是這麼做的，這也是我們主人的意思。」

「你的主人是哪位呢，年輕人？以我的觀察，他應該是個好主人。」

「他是波特維克莊園的戈登先生，住在燈塔山的另一頭。」詹姆斯說。

「啊！原來如此，我聽過他，對馬很有見解，而且是整個郡裡騎術最好的人。」

「的確，」詹姆斯說，「但自從可憐的少爺過世後，他現在很少騎馬了。」

「啊！可憐的年輕人，我在報紙上看過這件事。我記得還死了一匹馬？」

「是的，」詹姆斯說，「他是非常棒的馬，是這匹馬的哥哥呢，他們很像。」

「可惜啊可惜，」老馬夫說，「那個地方實在很難跳過去，我記得是一個很陡的河岸，上面還有圍籬對吧？馬兒可能很難看清楚該往哪裡走。我也喜歡挑戰自己的騎術，就跟所有人一樣，但有些地方真的只有少數經驗老道的獵人才有辦法安全跳過。一個人跟一匹馬的性命可比一條狐狸尾巴要寶貴多了，至少我是這樣認為。」

這時，另一位馬夫已經把辣薑清洗完畢，也幫我們帶了飼料過來，詹姆斯便和老馬夫一起離開了馬廄。

詹姆斯和老馬夫一起離開馬廄。

16 一場大火

當天晚上，年輕的馬夫又帶了另一匹馬進來，當他清理馬兒的時候，有位嘴裡叼著菸斗的年輕人晃進來聊天。

「托勒，」馬夫說，「幫我上閣樓拿些乾草給這匹馬好嗎？不過你得先把菸斗給熄了。」

「好。」他回答，接著就從活板門鑽去了閣樓。我聽見他在上面走動，接著爬下來把乾草放好。在馬廄的門鎖上之前，詹姆斯又過來看了我們一次。

我不曉得睡了多久，也不知道是什麼時候醒來的，但我醒來時覺得非常不舒服，可是不知道為什麼。我站起來，空氣很混濁，呼吸也很困難。我聽見辣薑在咳嗽，另一隻馬也很不安。馬廄很暗，我什麼都看不見，但好像到處瀰漫著煙霧，我根本不知道該怎麼呼吸了。

活板門是開著的，我想煙應該是從那裡冒出來的。我仔細聽，隱約聽見了慌亂的腳步聲，還有一點點劈啪聲。我聽不出來發生了什麼事，但這些聲音中似乎有什麼不尋常的東西讓我全身顫抖了起來。其他的馬兒都醒了，有的在拉扯牽馬索，有的在跺腳。

後來，我聽見外面傳來腳步聲，那位年輕的馬夫帶著提燈衝進來解開大家的繩索，試著帶馬兒出去。但是他看起來既倉卒又驚慌，讓我更害怕了。第一匹馬不願意跟他出去，他又試了第二匹和第三匹馬，他們一樣不肯離開。接著他想把我硬拉出去，當然一點用也沒有。他試了每一匹馬之後便放棄離開了。

我們這樣的確滿笨的，可是當四周都是危險，身邊又沒有可以信任的人時，我們不了解狀況，也什麼都不敢做。幸好，有新鮮空氣從馬廄門口透進來，讓我們的呼吸稍微順暢了一些，但是從上方傳來的慌亂聲愈來愈大，我透過圍欄的欄杆往上看，發現牆上有忽隱忽現的紅色亮光。突然間，外面有人大喊：「失火了！」那位老馬夫安靜俐落的走了進來，帶了一匹馬出去，然後走向第二匹馬。這時火焰已經竄到活板門附近了，上方的呼叫聲更是驚恐。然後我聽見了詹姆斯的聲音，就像平常一樣優閒又愉悅。

「來吧，帥哥美女，我們該走了，快醒醒跟我過來吧。」詹姆斯走向離馬廄門最近的我，一邊輕拍著。

「來吧，神駒，戴上你的牽馬索，我們要離開這個亂糟糟的地方。」我很快的聽從他的指示，他拿下脖子上的圍巾，輕輕的綁在我的

詹姆斯說：「來吧，神駒，我們要離開這個亂糟糟的地方。」

眼睛上，然後一邊安撫我、帶我走出馬廄。當我們安全走到花園時，他就把圍巾取下，大喊：「來人哪！幫我顧一下，我還要回去牽另一匹馬。」

一個高大的男人走上前來握著我的繩子，詹姆斯馬上奔回馬廄，我便發出一陣尖銳的長鳴。辣薑後來告訴我，我的叫聲幫了她大忙，她就是聽到我的聲音才敢走出馬廄。

花園裡大家都亂成一團，馬匹被帶了出來，大大小小的馬車也都被拉出車棚，以免被大火波及。朝向花園的窗戶都打開了，大家發出各種呼喊，我則緊緊盯著馬廄門口，從那裡冒出的濃煙又更濃烈了，我還看見一些紅色閃光。過了不久，我在一片嘈雜聲中聽見一個宏亮的聲音，那是主人的聲音：「詹姆斯．霍華！詹姆斯．霍華！你在哪裡？」沒有人回答他，但我聽見馬廄裡有巨大的墜落聲響，接下來我就高興的大叫，因為我看到詹姆斯牽著辣薑從濃煙裡走出來，她咳得好嚴重，詹姆斯也說不出話來。

「啊！勇敢的孩子！」主人說，一邊抓緊他的肩膀。「你有受傷嗎？」

詹姆斯搖搖頭，因為他沒辦法說話。

牽著我的高大男人說：「真是個勇敢的孩子，做得太好了。」

「詹姆斯，」主人說，「等你喘口氣，我們就盡快離開這裡。」接著我們就朝旅館門口走去，市集裡響起一陣奔跑的馬蹄聲和轟隆隆的車輪聲。

「是消防車！消防車來了！」有兩、三個人在大喊。

「退後，讓開！」他們在石頭路上發出轟隆隆的聲音，兩匹馬拖著一個沉重的機具跑進花園，消防員一躍而下。起火點非常清楚，屋頂已經被一片火光籠罩。

我們以最快的速度跑到寬廣寧靜的市集街頭，天上的星星正一閃一閃的亮著，除了身後的嘈雜聲，一切都很安靜。主人把我們帶到另一間旅館，當旅館馬夫出來幫忙後，主人開口說：「詹姆斯，我得趕緊去陪我太太，馬匹就託付給你了，有什麼需要就儘管告訴他們。」接著他就以超乎常人的速度快步離開。

我們聽到好多可怕的聲音，是那些可憐的馬兒所發出的尖叫，他們被困在馬廄裡活

消防車來了！

活燒死，真是太可怕了！我跟辣薑都感到很難過。接著，我們便被帶入圍欄安頓下來。

隔天早上，主人過來看我們，並跟詹姆斯說話。我聽見得不多，因為當時旅館的馬夫正在幫我梳毛，但是看得出來詹姆斯很開心，我想主人應該非常以他為榮。

女主人昨晚緊張了一整夜，所以我們今天早上的行程就延到了下午。早上詹姆斯沒什麼事情要忙，於是就回到昨天居住的旅館查看馬具跟馬車，

順便聽他們說後續狀況。當他回來之後，就把事情告訴這裡的馬夫。

一開始大家都不知道為什麼會起火，但後來有一個人說他看到迪克．托勒叼著菸斗走進馬廄，等他出來的時候菸斗卻不見了，還去點了另一支來抽。然後，失火旅館的年輕馬夫說他曾經拜託托勒到閣樓拿乾草，但是有請他先熄掉菸斗。托勒並不承認自己當時叼著菸斗，不過大家都不相信。我記得，在我們家，約翰的規矩就是絕對不許帶菸斗進入馬廄，我想這應該是所有馬廄的規定才對。

詹姆斯說屋頂和樓上的地板都垮了下來，剩下的只有被燒黑的牆壁，而那兩隻沒有逃出來的馬兒就不幸的被埋在燒毀的柱子和屋瓦之下。

17 馬夫約翰的人生哲學

接下來的旅程很順利，太陽下山後不久，我們就到了主人朋友的家。這裡的馬廄乾淨又舒適，馬夫也很友善的接待我們。聽到旅館失火的事之後，他似乎非常欣賞詹姆斯。

「我想這清楚說明了一件事啊，年輕人，」他說，「你的馬知道誰可以信任。發生火災或淹水的時候，把馬帶出去是世界上最難的事情之一，我不知道為什麼會這樣，但他們就是不肯出去，二十匹馬裡面可能連一匹馬都不願意離開。」

我們在這裡停留了兩、三天之後就回家了，一路上都很順利。回到自己的馬廄真是開心，約翰也很高興看到我們。

那天晚上，在約翰跟詹姆斯離開前，詹姆斯說：「不曉得誰要來接替我的工作。」

「是守衛室的小喬。」約翰說。

「小喬！為什麼？他還是個孩子啊！」

「十四歲半了。」約翰說。

「但還是個小傢伙啊！」

「是啊，他年紀是很小，但手腳快又積極主動，心地也很善良。他非常想做這份工作呢，他爸爸也同意。主人應該會給他這個機會，他說如果我認為不行，他就去找個年紀大一點的男孩，但我說我很樂意讓他嘗試六週。」

「六週！」詹姆斯說。「為什麼呢？他少說也要六個月才能幫得上忙吧！這樣你會多了很多工作要做，約翰。」

「喔，」約翰笑著說，「我跟這份工作已經是好朋友啦，我一向不怕工作多的。」

「約翰，你是個很棒的人，」詹姆斯說，「真希望我也可以像你一樣。」

「我不常說自己的私事，」約翰說，「但既然你就要離開這裡，到外面的世界去闖蕩了，我就說說自己對一些事情的看法。當初我爸媽因為生病發燒，在十天內相繼去世的時候，我的年紀就跟小喬一樣大，家裡只剩下我跟行動不便的妹妹奈莉，我們也沒有親戚可以依靠。我以前在農場打工，但是賺的錢連我自己都養不起，更不用說要養兩個人了，要不是女主人，我妹妹就得去育幼院。所以奈莉都叫她天使，她也是個名副其實的天使。

「女主人幫奈莉租了一個房間，跟老寡婦瑪莉特住在一起，並讓奈莉做一些針線活。當奈莉生病的時候，她就送晚餐和很多好東西過去，就像個母親。後來主人讓我到馬廄跟當時的老馬夫諾曼一起工作，還讓我在家裡吃飯，並允許我住在閣樓的房間。他給了我一套衣服和每週三先令的薪水，讓我可以幫助奈莉。

「還有諾曼，他大可拒絕我這個毫無經驗的農場小孩，但他卻視我為親生兒子、盡可能的幫助我。幾年後他過世了，我便接下他的工作，現在當然有很好的薪水，還可以存錢應付無論好壞的突發狀況，奈莉也過得很快樂。所以呢，詹姆斯，我是不會拒絕一個小男孩的，但也不會給主人添麻煩。我會很想念你的，詹姆斯，但是沒有你的辛苦日子總會過去，當有人需要幫忙的時候，能伸出援手是很寶貴的，我很榮幸自己有能力幫助他人。」

「所以，」詹姆斯說，「你應該不認同『自掃門前雪』這句話嘍？」

「當然，」約翰說，「如果主人夫婦跟諾曼都自掃門前雪，那我跟奈莉不知道會過著怎樣的生活。她大概會被送去育幼院，我也會繼續在農田裡挖蕪菁吧！如果你把自己的利益擺第一，那黑神駒跟辣薑又會是什麼下場呢？應該會被烤乾吧！不，詹姆斯，這句話太自私了，如果做壞事的時候認為這不過是在謀求自己的利益，那他沒有像小狗小貓那樣早早被淹死就太可惜了，我是這樣想的。」約翰說著，並堅決的點點頭。

聽到他這麼說，詹姆斯笑了出來，但他開口的時候聲音卻有點沉重：「除了我媽媽之外，你是我最好的朋友了，希望你不會忘記我。」

「不，絕對不會的，小子！」約翰說。「如果我還能幫到你，記得來找我。」

隔天，小喬就來到馬廄，在詹姆斯離開前盡量學習。他學了怎麼打掃馬廄、怎麼擺放和鋪乾草，也開始幫忙清洗馬具和馬車。不過他還不夠高，沒辦法幫我跟辣薑刷洗，詹姆斯就先讓他照顧歡樂腿。將來，歡樂腿就會在約翰的監督之下由小喬負起照顧的責任。小喬是個開朗的小傢伙，來工作的時候都會吹口哨。

歡樂腿對他的「粗手粗腳」不太開心，他說這個孩子什麼都不懂，但兩個星期之後，他卻偷偷告訴我，覺得這個孩子以後會做得很好。

詹姆斯離開的日子終究還是到了，他看起來心情很沉重，跟平常快快樂樂的樣子截然不同。

「你知道，」詹姆斯對約翰說，「我拋下了好多東西啊，我媽媽、貝絲和你，還有這麼好的主人夫婦，再來就是這些馬兒了，還有我的歡樂腿。那邊的人我完全不熟，要不是那裡的職位比較高，可以減輕媽媽的負擔，我大概不會離開。約翰，我真的開心不起來。」

「啊，詹姆斯，我了解。但如果你第一次離家卻一點也不難過，我就不會這麼喜歡你了。開心點吧，你在那裡會交到朋友的，我相信你一定可以，如果你在那裡待得很開心，這對你媽媽來說也是件好事，你能在那麼好的地方工作她會感到很驕傲的。」約翰說。

聽完這些話，詹姆斯的心情也好一點了，但大家都很捨不得他走。歡樂腿在他離開之後消沉了好幾天，完全沒有心情吃東西，所以約翰就在早上帶我去運動的時候也帶上歡樂腿，讓他跟我一起奔跑、提振一下精神，不久之後他就沒事了。

小喬的爸爸常常來馬廄幫忙，他也懂這些工作，小喬則是很努力的學習，約翰也不斷鼓勵他。

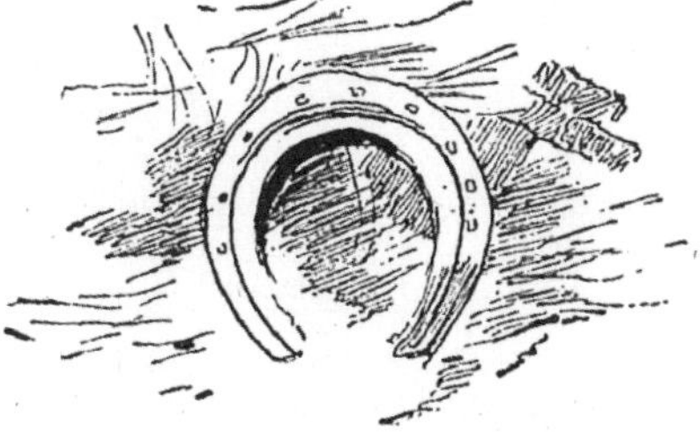

18 努力奔向醫生

詹姆斯離開之後的某天晚上，我吃完乾草、躺在草堆裡昏昏欲睡的時候，突然被馬廄裡的鈴聲給驚醒。我聽到約翰打開房門，急急忙忙跑了出去。沒過多久他就回來打開馬廄的大門，跟我說：「起來吧，神駒，現在是你拿出看家本領的時候了。」我還沒回過神，他就把馬鞍放到我的背上，也把轡繩繫在我頭上了。他跑去拿大衣，然後騎著我小跑到主人家門口。主人站在那裡，手裡提著燈。

「約翰，」主人說，「請你拚命救救你的女主人吧，沒時間了。把這封信交給懷特醫生，讓馬在旅館休息一下，並盡快趕回來。」

「是的，先生。」約翰說完後騎上我的背。住在守衛室的園丁也聽到鈴聲，提前將大門打開了。我們從莊園出發、穿過村莊、沿著坡道而下，抵達收過路費的閘門。約翰大力敲門並大聲呼喊，裡面的人很快就出來幫我們開門。

「還有，」約翰說，「請你把門開著好讓醫生通過，這是過路費。」接著我們又趕緊上路。

主人說：「約翰，請你拚命救救你的女主人。」

前面是一條很長的河堤道路，非常平緩，約翰對我說：「神駒，拿出你最快的速度吧。」我便趕緊加快腳步。我不需要鞭子也不需要馬刺，就用盡全力跑了三公里，我相信這樣的速度一定比在紐馬克比賽獲勝的爺爺還要快。當我們來到一座橋，約翰輕輕拉了我一下，拍拍我的脖子說：「太棒了，神駒，真是個好傢伙。」他本來想讓我跑慢一點，但我的賽馬精神徹底甦醒了，所以依然全速前進。我在月光下呼吸著冰冷的空氣，感到非常暢快。我們經過村莊和一片黑暗的樹林，又越過一座山頭，跑了十三公里後來到一個小鎮。接著我們穿越街道、進入市集。大家都還在睡覺，這裡一片寂靜，只有我踏在石頭路上的馬蹄聲。當教堂的鐘走到三點時，我們在懷特醫生家門口停了下來，約翰搖了三次門鈴，然後使勁的敲打大門。一扇窗戶打開，懷特醫生帶著睡帽探出頭來問：「你有什麼事嗎？」

「先生，戈登太太生了重病，主人希望你能立刻前往，否則她可能撐不下去。這是給你的信。」

「等等，」醫生說，「我馬上下去。」

他關上窗戶，很快就出現在門前。

「真不巧，」他說，「我的馬在外面跑了一整天把力氣用盡了，我兒子也剛好出門，把另一匹馬騎走了。該怎麼辦呢？我可以騎你的馬嗎？」

「他在來的路上幾乎是全力衝刺，先生，我本來要讓他在這裡休息一下的，但我

我在明亮的月色下奔跑，呼吸著冰冷的空氣。

想如果你願意，主人應該不會反對。」

「那好，」他說，「我去準備一下。」

約翰站在我旁邊摸摸我的脖子，我跑得好熱。醫生帶著鞭子走出來。

「你不需要那個，先生，」約翰說，「黑神駒會用盡全力的，可以的話，請幫我好好照顧他，我不希望他受到任何傷害。」

「當然！當然了，約翰！」醫生說，「我不會傷害他的。」一轉眼，我們已經離約翰很遠很遠了。

回程的過程我就不多說了，醫生比約翰還要重，騎馬的方式也不是很好，但我還是盡力跑回家。我們回到莊園附近的山坡後，他拉起韁繩讓我慢下來。「好夥伴，」他說，「你現在可以多喘幾口氣。」他這麼做讓我很高興，因為我已經快要虛脫了，但是多了一點時間喘氣的確很有幫助，不久我們便回到了莊園。

小喬在守衛室的大門前，而主人聽到我們的聲音之後也來到門口。醫生跟他一起走進屋裡，我則是跟小喬一起回到馬廄，能回家真好。我的腿開始發抖，只能站著不停喘氣。我滿身是汗，汗水沿著腿流下，身體還冒著熱氣，小喬總說我就像爐火上的鍋子。可憐的小喬，他年紀小又長得矮，學得也還不夠多，偏偏他爸爸有事去了隔壁村莊，不然就可以幫他，但我知道他已經把他會的事情都做好了。他揉揉我的腿和胸口，但沒有幫我蓋上保暖的馬衣，因為他以為我很熱，不想要那個東西。然後他給我一桶水，冰冰涼涼的正好解渴，我便把它喝完了。他還給了我一些乾草跟穀粒，覺得差不多後就離開了。但是我很快就開始發抖，身體變得冰冷，四條腿跟腰都好痛，胸口也痛，全身痠痛。我站著發抖的時候心想：噢，好想蓋上溫暖的厚馬衣啊！希望約翰趕快回來，但是他有十三公里的路要走，我只好在稻草堆躺下、試著入睡。

一段時間之後，我聽見約翰回來了，我發出一陣呻吟，因為我實在痛得不得了了。他走到我旁邊彎腰查看，雖然我沒辦法告訴他我的感受，但他好像都明白。他幫我蓋了兩三塊馬衣，然後跑去取熱水，還弄了熱粥給我吃。吃完之後，我就迷迷糊糊的睡著了。

約翰好像很生氣，我聽見他不斷的自言自語：「傻孩子！傻孩子！竟然沒有幫他蓋

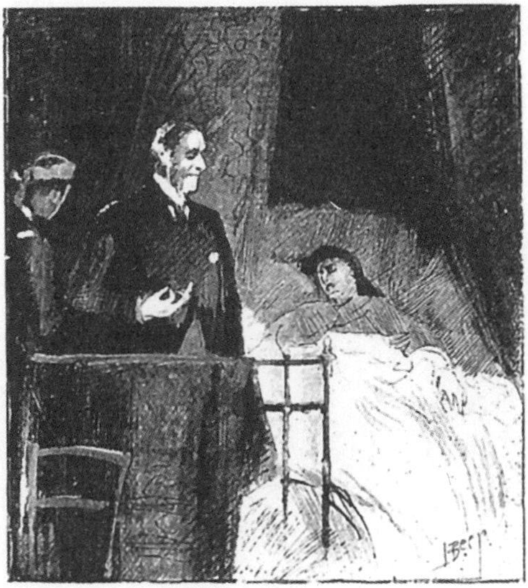

上馬衣，喝的水肯定也是冷的，小男孩真是不可靠。」但是整體來說，小喬算是個好孩子。

後來我病得非常嚴重，肺部嚴重發炎，每一次呼吸都讓我覺得好痛。約翰日日夜夜照顧我，每天晚上都會起來兩、三次，過來查看我的狀態，主人也常常來看我。

「可憐的神駒，」有天主人這麼說，「真是匹好馬，你救了女主人的命啊，是的，你救了她一命。」聽到他這麼說我真高興，因為醫生似乎說過，如果慢了一點，大概就來不及了。

約翰跟主人說他從來沒有見過跑得這麼快的馬兒，彷彿知道發生了什麼事。約翰可能不太明白，我當然知道，至少我知道要以最快的速度趕路，因為我們要救女主人。

19 無知所犯下的罪

我不曉得自己病了多久，但是獸醫龐德先生每天都會來看我。有一天他幫我放血，讓約翰拿著水桶接著，放完血後我覺得頭很暈，似乎快要死掉了，大家應該也這麼認為。

辣薑和歡樂腿都被帶去另一個馬廄，這樣我就可以安靜的養病，因為發燒讓我變得對聲音很敏感，即使是一點點的聲音，我都覺得很大聲，每個人的腳步聲我也都聽得一清二楚，我完全知道發生了什麼事情。

有天晚上，約翰要來餵我吃藥，小喬的爸爸湯瑪斯・格林便來幫他。我吃完之後，約翰盡量讓我舒服一點，然後說他會待半小時看看藥效。湯瑪斯想跟約翰一起留下，於是他們就坐在歡樂腿的圍欄裡，那裡有張最近才搬進去的凳子。他們把提燈放在腳邊，以免打擾到我。

他們靜靜坐了一會兒，然後湯瑪斯低聲說：「約翰，我希望你可以安慰一下小喬。他的心都碎了，吃不下飯、臉上一點笑容都沒有。他知道這是他的錯，但他已經把他會

約翰說：「只是不懂！你怎麼可以說這只是不懂！」

的都做好了。他說如果黑神駒死了，以後就沒有人會理他了。我聽了真難過，不知道你可不可以跟他說點什麼，畢竟他不是個壞孩子。」

約翰短暫沉默了一下後開口：「請你別為難我，湯瑪斯。我知道他沒有惡意，我也從來沒這樣說過。我知道他並不壞，但你也知道，我真的很生氣，那匹馬是我最大的驕傲，更別說主人夫婦有多喜歡他了。一想到他可能就這樣死了，我就覺得難以承受。但如果你認為我對小喬太凶，也許明天我會試著安慰他一下，如果黑神駒的病況有好一點的話。」

「謝謝你了，約翰，我知道你也不想對他太凶，我很高興你能了解他只是不懂。」

接著，約翰回答的聲音幾乎嚇了我一跳：「只是不懂！只是不懂！你怎麼可以說這只是不懂！你不知道除了邪惡之外，世界上最糟糕的事就是不懂裝懂嗎？大概只有上帝才知道哪個比較糟糕。當有人說：『噢，我不知道，我不是故意的。』就代表他認為這樣沒關係。那我大可認為之前那個有名的命案，當那位母親餵孩子吃安眠藥的時候，並不是故意要殺他的，可是她的確害死了他，後來也被判了殺人罪。」

「她的確罪有應得，」湯瑪斯說，「在不知道這個東西對孩子是好是壞的情況下，她不應該這樣照顧一個幼小的生命。」

「比爾·史塔基的故事也一樣，」約翰繼續說，「他也不是故意要把他弟弟嚇到發瘋的，可是他卻扮成鬼在月光下追著弟弟跑，結果他原本聰明又英俊的弟弟就發瘋了，變得跟白痴沒兩樣。他弟弟原本有著大好前程，但現在就算他能活到八十歲，也沒有什麼未來可言。你自己不是也很苦惱嗎，湯瑪斯？兩個星期前，有幾位小女孩從你的溫室離開時忘記把門關上，寒冷的東風就這樣吹了進去，你說很多植物都因此被凍死了。」

「真的很多啊！」湯瑪斯說，「所有嫩枝都被凍壞了，害我得重新種一遍。更糟的是，我還真不知道該去哪裡找到這些新鮮的植物。我走進溫室發現慘狀的時候，都快氣瘋了。」

「不過，」約翰說，「那些小女孩一定也不是故意的，她們只是不懂。」

接下來，我就聽不見他們的對話了，應該是藥效開始發揮作用讓我睡著了。早上醒來之後，我感覺好多了。後來當我對這個世界了解得更多，我便時常想起約翰所說的話。

20 馬童小喬的進步與改變

後來小喬做得還不錯，他學得很快，認真又仔細，約翰也開始放心把一些事情交付給他。不過，就像我之前說的，他年紀還小，所以約翰很少讓他帶我或辣薑去運動，但是有一天早上，約翰跟賈斯帝拉著行李拖車出門去了，而主人又希望有人可以馬上幫忙送信到一位先生家，距離大約五公里，所以就吩咐小喬騎著我去，但記得要小心、慢慢的騎。

我們安全的把信送達，然後優閒的走在回家路上。我們在途中經過一座製造磚塊的工廠，看見一個裝滿磚塊的拖車，輪子陷在一個泥巴坑裡面，拖車駕駛正在吼叫鞭打兩匹拉車的馬，這時小喬讓我停了下來。真是令人傷心的一幕！那兩匹馬正在奮力掙扎，用盡全力要把拖車拉出來，可是卻沒有什麼用。汗水從他們的腿和身體兩側滑落，他們鼓足力氣，全身的肌肉都在奮戰，但是那個人卻使勁的拉扯前面那匹馬的頭，還一邊殘忍的揮鞭咒罵。

「快住手！」小喬說，「不要再鞭打你的馬了，輪子卡住了，他們拉不動。」

那個人並沒有理會，繼續揮鞭。

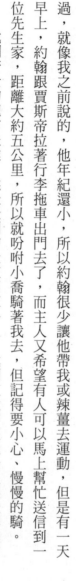

拖車駕駛正在吼叫、 鞭打兩匹拉車的馬。

「拜託你住手！」小喬說，「我幫你把拖車上的東西卸下來，不然他們拉不動。」

「少管閒事，你這個無禮的小混混，我自己處理就行了！」他十分惱怒，喝了一口酒後再次揮動鞭子。小喬讓我轉向，然後全速奔向工廠主人的房子。我想約翰可能不會同意我們跑這麼快，但這時候的我跟小喬，心裡都想著同一件事，而且還很生氣，所以沒辦法慢慢跑。

工廠主人的房子就在路邊，小喬敲了門之後大喊：「嘿！克雷先生在嗎？」接著門打開了，克雷先生從裡面走出來。

「嘿，小伙子，你好像有急事啊？你的主人要找我嗎？」

「不是，克雷先生，但是有個人在你的磚場裡把兩匹馬打得死去活來，我請他停止，但是他不願意；我說要幫他卸下磚頭，他也不肯，所以我只好來告訴你。請你去找他吧，拜託。」小喬激動的說。

「謝謝你，小伙子。」克雷先生說完，便轉身去拿帽子，然後停頓了一會兒。「如果我去檢舉他，你願意為剛剛所看到的事情作證嗎？」

「我會的，」小喬說，「非常樂意。」然後克雷先生就出門去了，接著，我們慢跑回家，但是心裡不大痛快。

「你怎麼啦，小喬？你看起來很生氣呢。」約翰說，小喬從馬鞍上跳下來。

「真的很生氣，我跟你說……」小喬又急又氣的把剛才的事情說了一遍，他平常是個安靜又斯文的孩子，難得看到他這麼激動。

「很好，小喬，不管他會不會被叫去問話，你都做得很好。很多人看到這種狀況都不會停下來，覺得不關他們的事。但我認為大家都應該站出來反對這種殘忍的迫害。你做得很好，好孩子。」

小喬終於冷靜下來，因為被約翰讚賞而感到驕傲。他把我的腳清洗乾淨，然後幫我搓揉全身，動作比以往更堅決。

就在大家要回家吃飯的時候，主人的男僕來到馬廄請小喬過去一趟，因為有個人被指控虐待馬匹，需要他去作證。小喬滿臉通紅、眼神閃閃發亮的說：「非常樂意。」

「整理一下你的衣著吧。」約翰說。小喬調整了一下領結，把外套拉直後便走了出去。主人是郡裡的法官之一，所以有些案件會送來給他處理，或是請他提供建議。

接著，大家就去吃晚餐了，馬廄裡暫時沒有新的消息。當小喬再度出現時，他看起來心情非常好，還開心的拍了我一下，說：「我們不會再看到這種事情了，好傢伙。」後來聽說他的指證非常明確，而且那些馬都筋疲力盡、身上還有被鞭打的痕跡，所以那個人會接受審判，可能要坐牢兩、三個月。

經過這件事情，小喬好像有點不一樣了。約翰笑著說，他大概在一週內就長高了兩公分，我也這麼認為。他就跟以前一樣溫柔親切，但是這件事情讓他多了一份使命感跟決心，好像突然從小男孩變成了一位成熟的大人了。

21 離別的時刻

我在這個地方快樂的生活了三年，但令人傷心的轉變就要來臨。我們開始時不時聽到女主人身體微恙的消息，醫生也經常過來，主人也因此變得嚴肅又憂慮。後來，我們聽說女主人得離開這裡，到溫暖的國家居住兩、三年才行。這個消息就像宣告死亡的喪鐘聲，在整個家裡迴盪。大家都很難過，但是主人很快就開始做各種安排，他變賣了很多東西、準備離開英國。他們常常在馬廄討論這件事，而這也變成了大家唯一的話題。

約翰工作的時候變得很安靜，看起來很憂傷，小喬也很少吹口哨了。大家經常進進出出，辣薑跟我的工作也都排滿了。

第一批離開的人是潔西小姐和芙蘿拉小姐，她們跟家庭教師一起出發。道別時，她們緊緊擁抱了歡樂腿，就像老朋友一樣，我想歡樂腿的確是她們的老朋友。然後我們就聽到主人為我們做的安排，主人把我跟辣薑賣給了他的一位伯爵老朋友，他認為那裡的環境應該不錯。歡樂腿則要送給布隆菲德牧師，因為他正想幫他的太太找一匹小型馬當坐騎，但前提是他們不能把歡樂腿賣掉，還有，當歡樂腿老得走不動時，就要射殺並埋

第一批離開的人是潔西小姐和芙蘿拉小姐。

潔西小姐和芙蘿拉小姐親了親歡樂腿向他道別。

葬他。

牧師也僱用了小喬去照顧歡樂腿，並且幫忙一些家務，所以我想歡樂腿會過得很好。至於約翰，有好幾個人想請他過去工作，但他還想再多看一些地方，所以不想那麼快決定。

主人離開的前一天晚上，他到馬廄吩咐一些事情，這是他最後一次拍拍我們了。從他的聲音就聽得出來，他的心情很低落，我想，或許馬兒能從聲音裡聽懂的事情比人類還要多。

「你決定好要做什麼工作了嗎，約翰？」他說，「你好像還沒決定要選哪一份工作。」

「不，先生，我已經想好了，最適合我的工作，應該是跟一流的訓練師一起工作。因為很多動物從小就被人用不正確的方式對待，如果可以好好教導這些人，就可以避免這些慘事了。我總是跟馬兒合得來，如果我可以幫助到一些馬，讓他們從小就能被好好對待，這樣我會覺得自己有所貢獻。您覺得怎麼樣呢，先生？」

「我想，沒有人比你更適合這樣的工作了，」主人說，「你很了解馬，他們好像也很了解你，說不定你可以自己建立這樣的事業，我認為這是最好的方式。如果我能幫上忙，記得寫信給我。我會跟我在倫敦的代理人談談，讓他先稍微認識你。」

主人將代理人的姓名和住址交給約翰，感謝他長久以來忠心的服務，但約翰說他承受不起。「請別這樣，先生，我承受不起。您跟親愛的女主人幫了我好多好多，我永遠也無法報答您們的恩情。我們不會忘記您們的，先生。請老天保佑，讓我們再次見到女主人開開心心的回來，我們要懷抱希望，先生。」主人默默的握著約翰的手，兩個人便一起走出馬廄。

傷心離別的一天終究還是來了，男僕帶著行李在前一天就出發了，所以跟我們道別的只有主人夫婦和女僕。辣薑跟我把馬車拉到主人家門前，這是最後一次了。其他的僕人幫忙將軟墊和毯子拿上馬車，等一切都準備好之後，主人攙扶著女主人走了出來，小心的讓她坐進馬車（我站在靠房子的那一側，所以看得很清楚），僕人都在一旁流淚。

「再見了，」主人說，「我們會記住每一個人。」當他說完，便踏進了馬車。「我們走吧，約翰。」

女主人說：「約翰，願老天保佑你。」

約翰跳上馬車，我們慢慢的走過莊園和村莊，附近的人都站在家門口目送我們最後一程，說：「老天保佑他們。」

抵達車站之後，女主人走下馬車，我聽見她甜美的聲音說：「再見了，約翰，老天保佑你。」我感覺到轡繩抖動了一下，而約翰沒有說話，也許他說不出話來。

馬車裡的東西都拿出來了之後，約翰叫小喬跟我們待在一起，他則跟主人夫婦一起前往月台。可憐的小喬，他靠在我們的頭旁邊，不想被人看見他在哭。

很快的，有一列噴著蒸氣的火車開進了車站，兩、三分鐘之後車門關上了，站長的哨音響起、火車慢慢滑

這裡再也不是我們的家了。

動，留下白色的煙霧和幾顆沉重的心。

當火車駛離、直到看不見時，約翰回來了。

「我們大概再也見不到她了，」他說，「永遠。」他抓起轠繩，爬到他的位子上跟小喬一起慢慢駕車回家，但那裡再也不是我們的家了。

Part 2 伯爵莊園的生活

22 伯爵莊園與制韁

隔天早餐過後，小喬讓歡樂腿拉著女主人的小馬車一起前往牧師家。小喬先來跟我們說再見，歡樂腿則在庭院裡對我們發出嘶鳴聲作為最後的道別。在那之後，約翰騎上辣薑、用韁繩牽著我，朝二十公里外的伯爵莊園出發。

莊園入口有一座石頭建造的大門，約翰跟守衛說他要找馬夫約克先生後，我們便等待了一陣子。約克先生是個長相英俊的中年男子，就連平常說話的語氣都像在下達命令，希望別人服從他。他對約翰非常親切有禮，看了我們一眼之後就請另一位馬夫帶我們去馬廄，然後請約翰留下來吃點東西。

我們被帶到一個明亮又通風的馬廄，我的圍欄就在辣薑的隔壁，馬夫幫我們搓揉全身、餵我們吃東西。大約半個小時之後，約翰跟約克先生一起過來看我們，約克先生就是我們未來的馬夫了。

「曼利先生，」他仔細看了看我們，然後說，「這兩匹馬看起來沒有什麼問題，但我們都知道，馬跟人一樣有自己的個性，所以需要用不同的方式來對待他們，不知道你有沒有什麼需要提醒我的？」

伯爵莊園。

「喔，」約翰說，「我想你應該找不到比他們更好的一對馬了，要離開他們真的讓我非常難過。這兩匹馬的確不太一樣，黑色那匹是我見過脾氣最溫馴的，我想從他出生以來應該都沒有被打罵過，他也會很高興的服從指示。而那匹栗子色的馬，我猜她應該被虐待過，不過把她賣給我們的人並沒有告訴我們太多訊息。她剛來的時候性情暴躁，也不太相信人類，但是熟悉我們家之後，這些狀況就慢慢消失了，這三年來我再也沒有見過她發脾氣，如果好好對待她，她會比任何一匹馬都願意幫你的忙。不過她的性情不像那匹黑馬穩重，她對蒼蠅的反應比較大一點，有問題的馬具也會讓她變得很緊張。如果用不恰當的方式對待她，她也不會悶不吭聲。你知道，很多精力旺盛的馬都是這樣。」

「當然了，」約克說，「我了解你的意思，但是在這種馬廄裡，要讓每位馬夫都做到盡善盡美並不容易，我只能盡力而為了。有關那匹母馬的事，我會記得的。」

他們走出馬廄，然後約翰停下腳步說：「還有一件事，我們從來沒有在他們身上用過制韁。那匹黑馬沒戴過，而把另一匹馬賣給我們的人說，這個東西可是會讓她大發脾氣的。」

「喔，」約克說，「但是我們這裡一定得用制韁，我自己喜歡用寬鬆的韁繩，主人對馬也不錯，但是女主人就不一樣了，她很講求儀態，不喜歡看到為她拉車的馬兒沒有把頭抬高。我一向很反對制韁，但還是得用，尤其是載夫人出門時韁繩必須拉緊。」

「那真是太不幸了，非常不幸啊。」約翰說，「可是我必須離開了，不然會趕不上火車的。」他走到我們身邊，最後一次拍拍我們，也最後一次對我們說話，聽起來非常傷心。

我把臉湊向約翰，我只能用這種方式跟他道別；接著，他就離開了，在那之後我再也沒有見過他。

隔天，伯爵來看我們，似乎對我們的外形非常滿意。

「據我的朋友戈登先生的訊息來看，」他說，「我對這些馬很有信心，雖然他們的顏色不一樣，但很適合在鄉下拉拉馬車。去倫敦之前，我得幫男爵找匹搭檔，我相信那匹黑馬會很適合。」

約克告訴伯爵關於約翰昨天所說的話。

「喔，」伯爵說，「那你要注意一下那匹母馬，用制韁的時候要輕一點，他們一開始會願意配合的，我會跟我太太說。」

下午的時候，我們就被戴上馬具並套進馬車，當馬廄的時鐘敲了三下，我們便出發繞到伯爵家門前。如果讓我這匹馬來形容，我會說這棟房子十分壯觀，大概比波特維克莊園的房子還要大上三、四倍，可是卻一點也無法讓我感到開心。門前有兩位僕人在待命，他們穿著黃褐色制服、鮮紅色長褲和白色長襪。沒多久我們就聽到夫人走下石階時，絲綢禮服沙沙作響的聲音。她是個高䠷、表情高傲的女人。她走過來查看我們，似乎沒有特別滿意，但沒說什麼就坐進馬車了。這是我第一次繫上制韁，我得承認，雖然不能隨意低頭的確有點討厭，但我的頭並沒有被拉得特別高。我有點擔心辣薑，不過她滿安靜的，應該還算甘願。

隔天下午三點，我們一樣準時出現在伯爵家門口，門口的僕人也跟昨天一樣。禮服的沙沙聲響起，女主人走下石階時霸道的說：「約克，把馬的頭拉高一點，這樣根本不能見人。」

約克跳下馬車，恭敬的說：「請您原諒，夫人，但這兩匹馬在過去三年內都沒有這樣的習慣，伯爵大人說慢慢讓他們適應才能確保您的安全，但如果這樣能讓您寬心，我可以再拉高一點點。」

「快去吧。」她說。

接著約克便走過來把韁繩調短，大概是把扣環往內扣了一格。但是即使只是一個小小的動作，無論是好是壞，我的感受都有很大的差別，而且當天我們還得爬上一個陡坡。於是，我開始體會到其他馬匹曾經說過的感受了。拉車時我自然而然的想跟過去一樣，把頭往前伸、一鼓作氣的帶動馬車；但是現在可不一樣，我得在頭抬得高高的情況下用力拉，非常消耗精神和體力，而我的背和腿是最不舒服的地方。辣薑說：「現在你知道這是怎麼一回事了吧，但這還不算太糟，如果頭以後不會被拉得愈來愈高，我應該就不會計較了，因為他們對我們滿好的。但如果拉得很緊，他們就要小心了，我沒辦法忍受，也不想忍受。」

日子一天一天過去，我們的韁繩也一格一格的扣緊。以前我會抱著期待和愉悅的心情套上馬具，現在我卻開始感到害怕。辣薑也是，她變得焦躁不安，不想再多說什麼。終於，我以為苦日子要結束了，因為我們的韁繩有好幾天都沒有再被調短，我也決心要拿出幹勁好好拉車，雖然這對我來說已經是一件苦差事，而不是什麼有趣的事了。但是，更糟的還在後頭。

23 踢吧，爲了自由！

有一天，夫人比平常還要晚出現，絲綢的沙沙聲也更急促。

「到公爵夫人那裡去，」她說，然後停頓了一會兒，「你是不是不打算讓那些馬抬頭啦，約克？馬上把他們綁緊，不要再說什麼慢慢適應的鬼話。」

約克率先走向我，另一位馬夫則站在辣蕾的頭旁邊。約克把我的頭往後拉、把韁繩繫得好緊好緊，我簡直快要受不了了，接著他走向辣蕾，她正不耐煩的上下拉扯勒住她的口銜和韁繩，今天她在過來的路上就一直這樣。她很清楚這是怎麼一回事，所以在約克解開扣環、準備調短韁繩的時候，她抓緊機會蹬起前腳，約克的鼻子被她狠狠撞上、帽子也掉了，另一位馬夫則差點飛出去。他們馬上撲向辣蕾的頭，但她已經準備好反抗了，開始不顧一切的上下狂蹬亂踢。最後她踢到馬車的拉桿、摔在地上，跌倒前也不小心踢到我的一隻腳。這時，約克見狀便馬上跑過去坐在她的頭上壓制住辣蕾，不讓她繼續反抗，同時大喊：「解開那匹黑馬！快去拿絞盤，然後把衡木拆下來！解不開就把繩索割斷！」若不是這樣，不曉得辣蕾會抓狂到什麼程度。於是其中一個僕人跑去拿絞盤，另一個則從屋子裡拿了一把小刀出來。馬夫把我從馬車和辣蕾身上解開，帶我回到

圍欄，然後再跑回去找約克。我非常激動，如果我平常就習慣踢或蹬腳，剛才也會這麼做，但我沒有，所以只能憤怒的站著、忍耐腳上的疼痛。我的頭還是被緊緊的拉著，那條韁繩固定在馬鞍上，我沒有辦法把它取下來。這種感覺糟透了，讓我忍不住想要用力踢靠近我的任何人。

沒過多久，兩位馬夫把辣薑牽了回來，她身上有好多擦傷和被毆打的痕跡。約克也走進來吩咐事情，接著過來看我，幫我鬆綁。

「可惡的制韁！」他自言自語。「我就知道會出事，主人肯定會大發脾氣。但如果連他都沒辦法管好自己的太太，我又能怎麼辦呢。所以我不管了，她沒辦法參加公爵夫人的花園派對我也沒辦法。」

約克偷偷對我說這些話，在別人面前，他的言談總是很有禮貌。他開始用手觸摸、仔細檢查我的狀況，很快就發現我的後腿膝蓋上面被踢傷了，傷口現在又腫又痛。他找人用熱水幫我擦拭，然後塗上藥膏。

伯爵得知消息之後非常生氣，他責怪約克不該對夫人讓步，約克則表示希望伯爵夫人別再對他下達命令。但我認為事情不會有什麼改變，還是會像以前一樣。我以為約克會用更堅決的方式來保護自己的馬，但也許我不夠了解他。

在那之後，辣薑再也沒有被派去拉馬車了。她的傷好了以後，伯爵的其中一個兒子喬治少爺說他想要這匹馬，因為他認為辣薑很適合當一匹獵馬。而我呢，得繼續拉馬車，但有了一位叫麥克斯的新同伴。他一直都很習慣這種很緊的轠繩，於是我就詢問他是怎麼忍下來的。

「喔，」麥克斯說，「我不得不忍受，但這樣會減短我的壽命，你也一樣，如果你擺脫不了的話。」

「那你覺得，」我說，「主人知道這樣對我們很不好嗎？」

「這我就不知道了，」他回答，「但商人跟獸醫都很了解這點。我曾經待過商人家，他訓練我跟另一匹馬一起工作，他說他會把我們的頭一天又一天的綁高。有一位男士問他為什麼要這麼做，他說：『如果不這樣做，馬就賣不出去，倫敦人很喜歡把頭抬得高高、腳也舉得高高的馬。這樣當然對馬很不好，但對生意卻很好。這樣的馬匹很快就會耗盡體力或生病，他們就會再來買新的馬。』這就是我所聽到的，所以你就自己判斷吧。」

為夫人拉車的那四個月，我所承受的痛苦簡直難以形容。我很肯定，如果再這樣下去，若身體沒有報銷，我的脾氣也會變得暴躁易怒。以前我不曉得大發雷霆是什麼感覺，但是尖銳的口銜和勒緊的轠繩不斷的傷害我的舌頭、下巴、頭和喉嚨，不免會點燃我的怒火。有些人看到這種狀況還以為是好事，他們會說：「這匹馬真有精神啊！」但是馬發脾氣就跟人發脾氣一樣，都是因為受到不恰當的對待，需要被好好關懷。除此之外，我的氣管也承受了很大的壓力，經常讓我呼吸困難。每次拉完車回到家後，我的脖

子和胸口都非常緊繃痠痛，嘴巴和舌頭則是一碰就痛，心裡更是滿滿的疲憊與沮喪。

在以前的家，約翰跟主人在我的心裡都是我的朋友；而在這裡，雖然他們照顧我的方式還不錯，可是我沒有朋友。約克也許知道，或許根本就知道，這些轡繩為我帶來很大的痛苦，但我想他早就習以為常，無論如何都不可能改變，所以他也沒有想辦法讓我好過一點。

24 安小姐與失控的馬

初春的時候，伯爵跟幾位家人去了倫敦，約克也跟他們一同前往，我、辣薑和其他馬就留在家裡，交給一位資深馬夫照料。

留在家中的哈莉特小姐體弱多病，也從未坐馬車出門；安小姐則是喜歡跟哥哥或堂表兄弟一起騎馬。她的騎術很好，是個爽朗溫柔又漂亮的小姐。她選我當她的坐騎，把我取名叫「黑斯特」。我很喜歡在這樣吹著清爽冷風的日子裡載她出去，有時我們會跟辣薑一起，有時則是跟麗茲一起。麗茲是一匹開朗的棗紅色母馬，幾乎是純種，有著優雅的動作和活潑的個性，因此男士們都很喜歡她，但辣薑比我更了解她，她說麗茲其實很容易緊張。

那時候有位名叫布蘭泰的上校住在這裡，他經常騎麗茲，也時常誇獎她，所以有一天，安小姐就交代馬夫將她的側坐馬鞍繫到麗茲身上，把另一個馬鞍繫在我身上。當我們來到門口時，布蘭泰上校看起來有點不安。

「這是怎麼回事？」他說，「妳騎膩黑斯特了嗎？」

「不，一點也不，」她回答，「但我願意好心把他借給你，迷人的麗茲就讓我來騎

安小姐的騎術良好。

吧。你不覺得，無論外觀還是體型，她都比黑斯特更像一匹女士坐騎嗎？」

「我建議妳不要騎麗茲比較好，」上校說，「她的確很迷人，但性情比較容易緊張，對女士來說真的不夠安全，希望妳能同意把馬鞍換回來。」

「親愛的表弟啊，」安小姐笑著說，「你很謹慎，不過別擔心我，我從小就會騎馬，雖然我知道你並不喜歡女士去打獵，但我可是去過好幾次呢，這是事實啊！麗茲讓你們這麼讚不絕口，我真的很想試試看。請幫我上馬吧，我的好朋友。」

布蘭泰上校眼看說服不了，便小心翼翼的扶她上馬、仔細查看口銜，再輕輕的把韁繩交給她，最後騎到我的背上。就在我們要出發的時候，有位僕人跑了出來，手裡拿著哈莉特小姐寫的紙條：「可以幫我問問艾希利醫生紙條上的問題，再告訴我他的回答嗎？」

醫生住的村莊距離這裡大約一．五公里，而醫生就住在最遠的一間房子。我們開開心心的來到醫生家的庭院柵門，這裡還有一段夾在兩排高大常綠樹之間的小路，可以通往他的房子。

這時布蘭泰上校跳下馬來，準備為安小姐打開柵門，但她卻說：「我在這裡等你，你可以把黑斯特的韁繩掛在柵門上。」

上校帶著狐疑的表情看著她，說：「我很快就回來。」

「喔，別急，我跟麗茲不會跑走的。」

布蘭泰上校把我的韁繩掛在一根欄杆上，很快就消失在兩排常綠樹之間。麗茲背對著我，安靜的站在離馬路還有幾步遠的地方，小主人則愜意的坐在她身上哼歌，鬆鬆的牽著麗茲。我聽到布蘭泰上校的腳步聲抵達屋子前，並敲了敲門。

馬路對面有一片草原，那裡的柵門沒有關上，剛好有幾匹拉貨車的馬跟一些小馬慌亂的跑了出來，後面有個小男孩正啪嗒啪嗒的揮舞一根大鞭子。那些小馬似乎很野又愛玩，其中一匹竟然衝過馬路撞上麗茲的後腿。不知道是因為被小馬撞到，還是被鞭子的聲音嚇到，麗茲怒踢了一下便衝了出去。這實在太突然了，安小姐差點從馬上摔下來，但很快又回過神來坐穩。我發出了又大又尖的嘶鳴聲求救，一聲又一聲的叫，並且心急的扒著腳下的土，不斷甩頭想把韁繩弄下來。布蘭泰上校並沒有讓我等太久，他跑過來擔心的左看右看，然後在遠處的馬路上看見了她們飛奔的身影。布蘭泰上校立刻跳上馬鞍，我跟他一樣著急，完全不需要鞭子或馬刺催趕，他看見我的反應，便將身體往前傾、放鬆韁繩讓我自由發揮，我隨即狂奔追了過去。

一開始大約有二．五公里的直路，在一個右彎之後，路便分成了左右兩條，可是在我們跑過彎道之前，她們早就不見蹤影，她們往哪裡去了呢？有一個女人站在花園前面，她用手遮擋陽光、焦急的望著前方，布蘭泰上校大喊：「哪一邊？」完全沒有打算減速。「右邊！」她大聲回答並為我們指路，我們便轉向右邊，不久便看見了她們，但是在一個轉彎之後，她們又不見了。

我們看見她們好幾次，但都只有一下子，很快又追丟，好像永遠不可能追上她們。路邊有位修馬路的工人站在一堆石頭旁邊，他放下鐵鏟、對我們招招手。當我們接近他的時候，他比了個手勢表示他想說話，布蘭泰上校便把韁繩稍微輕輕拉起讓我減速。

「先生，往公園，往公園，往公園！她在那裡轉彎了。」

我很熟悉那座公園，那裡的路崎嶇不平，地上布滿了石楠和深綠色的荊豆叢，偶爾還會遇上矮小的老荊棘樹；那邊也有幾塊開闊的草地，不過到處都是蟻丘和鼴鼠挖的穴道，總之是個非常不適合騎馬奔馳的地方。

在抵達公園之前，我們就看見了那套綠色騎馬裝，小主人的帽子不見了，她的棕色長髮在身後飄揚，頭和身體不由自主的朝後方甩動，看起來是用僅存的力量抓著麗茲，而且快要沒力氣了。這條難走的路讓麗茲的速度明顯慢了下來，似乎給了我一個趕上她的機會。

剛才在平路的時候，布蘭泰上校鬆開韁繩讓我全力衝刺，但來到公園之後，他輕巧的拉著韁繩，引導我踏上他預先視察過的路徑，他的技巧純熟，所以我的步伐幾乎沒有減緩，絕對追得上她們。

我們在石楠路上走到一半，看到前面有一條剛挖好的壕溝，挖上來的泥土被隨意的堆到溝邊，我原以為這會讓她們停下來，但麗茲幾乎沒有猶豫的起跳，結果絆到了土堆、摔在地上。布蘭泰上校低聲告訴我：「現在，黑斯特，拿出本事來！」他抓穩韁繩

小主人的帽子不見了，棕色長髮在身後飄揚。

表達他的決心，我便集中意志一躍而過，跳過了壕溝和土堆。

可憐的小主人趴倒在石楠叢間，布蘭泰上校跪在她身邊呼喊，可是她沒有回應。他輕輕的將她轉過身來，她雙眼緊閉、臉色慘白。「小安，小安！說話啊！」她還是沒有回應。布蘭泰上校鬆開她的騎馬裝、解開衣領上的扣子，並查看她的手和手腕，然後著急的起身找人幫忙。不遠處有兩個正在鏟草皮的男人，他們看見麗茲到處亂跑但馬鞍上卻沒有人時，便丟下手邊的工作追過去了。但是布蘭泰上校的聲音讓他們停下腳步，其中一位看到這個情況便同情的詢問能幫什麼忙。

「你會騎馬嗎？」

「不太擅長，先生，但我願意為安小姐冒險，冬天的時候她特別照顧我太太。」

「那就騎這匹馬吧，朋友，你會很安全的。請你先去醫生家請他立刻過來，然後再去伯爵莊園告訴他們這件事情，請他們派一輛馬車，並且帶一位幫手和安小姐的女僕過來，我會待在這裡。」

「好的，先生，我會盡力達成。希望老天保佑小姐能盡快張開眼睛。」然後他朝另一個人大喊：「約瑟夫，幫忙拿點水過來，然後叫我太太盡快來照顧安小姐。」

他奮力爬上馬鞍，喊：「駕！駕！」之後用兩條腿輕碰了我的肚子，繞過那條壕溝便開始了這段旅程。他似乎有點苦惱，因為手裡沒有鞭子，但是我迅速的步伐很快就彌補了這點，他也發現自己最好穩穩的坐在馬鞍上並抓緊，於是就毫不客氣的抓著我。我盡量平穩的前進，但這段崎嶇的路還是讓他喊了一、兩次：「穩住！哎呀！穩住！」不過，到了平路之後情況就好多了。不管是在醫生家還是在莊園，他都十分有禮又忠誠的完成了被交代的任務。莊園的人請他喝點東西，但他說：「不了，不了，我會從牧場那裡走捷徑回去，在馬車抵達之前就會到了。」

莊園因為這個消息陷入一陣忙亂和騷動。我一回到圍欄，身上的馬具和馬鞍就被卸下，並蓋上保暖的馬衣。

辣薑被急忙派去載喬治少爺，接著我就聽到馬車出動的聲音。

過了很久辣薑才回來，等到人都走了之後，她告訴我她所看到的事情。

「我知道的不多，」她說，「我們一路上都跑得很快，跟醫生幾乎同時抵達。我看到有個女人坐在地上，小姐的頭就枕在她的腿上，醫生倒了一點東西在她嘴裡，但我只聽到他說：『她沒死。』然後就被人牽到旁邊、隔了一段距離。等小姐上車之後，我們就一起回來了。路上有一位男士攔下少爺並詢問情況，他說希望小姐沒有骨折，但是小姐還沒開口說話。」

每當喬治少爺騎著辣薑去打獵的時候，約克便會搖搖頭，他說應該要先讓一個經驗豐富的老手帶領辣薑，累積一整季的經驗才行，而不是由喬治少爺這樣騎術平凡的人來訓練。

辣薑一開始很喜歡打獵，但有時她回來的模樣和不時的咳嗽總讓我覺得她太過操勞。雖然她不想向我抱怨，但我還是忍不住開始擔心她。

安小姐發生意外兩天後，布蘭泰上校過來看我，他不斷拍拍我、稱讚我，還跟喬治少爺說我跟他一樣，都知道安小姐有危險：「我不應該跟她交換馬匹的，她以後騎這匹馬就好了。」我從他們的對話裡得知小主人已經度過危險，再過不久就可以騎馬了。這真是個好消息，我很期待以後的快樂生活。

25 酒鬼馬夫魯賓

現在我要來說說魯賓．史密斯這個人。當馬夫約克前往倫敦的時候，馬廄便由魯賓掌管，他非常了解自己的工作職責，當他狀況好的時候，大概沒有人比他更忠心、更努力工作了。他對馬兒很有一套，也很溫柔，還可以像獸醫一樣幫馬兒治病，因為他曾經跟一位獸醫一起住了兩年。他駕駛馬車的技術也是一流的，無論是四馬馬車，還是兩匹馬一前一後的縱列馬車，對他來說都像駕駛馬兒並列的雙馬馬車一樣簡單。他長得很英俊、擁有豐富的學問、待人也和藹可親，我想大家應該都很喜歡他，至少馬兒是這麼想的。不過奇怪的是，像他這樣的人竟然沒有當上資深馬夫，而是在約克手下做事，因為他有一個致命缺點，就是很喜歡喝酒。魯賓不像某些人每天都喝，而是會有幾個星期到幾個月的時間都滴酒不沾，然後突然狂喝一頓，約克說這叫做「酒癮發作」。

魯賓這樣喝酒不僅丟自己的臉，也讓妻子感到害怕，並且為其他人帶來麻煩。因為他很能幹，有幾次他喝醉的時候，約克都幫他掩飾過去，沒有讓伯爵知道。但有一天，魯賓得駕車送幾位參加舞會的人回家，可是他實在太醉了，連韁繩都拿不好，最後只好由其中一位男士來駕車，送小姐們回家。這件事情當然瞞不住，魯賓也立刻被開除，他

可憐的妻子跟小孩也得搬出莊園大門旁的漂亮小屋，另外找地方住了。這些事情都是老馬麥克斯告訴我的，因為那是好一陣子前的事了。但是因為約克替他向伯爵求情，伯爵心地善良，且魯賓也誠心保證只要他待在這裡一天，絕對不會再碰一滴酒．所以我跟辣薑來這裡前不久，魯賓又回來工作了。他確實履行承諾，約克也因此認為，當他不在的時候，這裡可以放心的交給魯賓，他這麼熟練又忠實的工作，沒有人比他更適合了。

現在是四月初，伯爵一家人要到五月才會回來。這時剛好有輛輕型馬車需要修整，因此當布蘭泰上校即將返回軍隊時，會由魯賓駕駛這輛馬車載他到城裡，然後再獨自騎馬回來。為了這件事情，他帶了回程時要用的馬具，並由我負責拉車。當我們抵達車站之後，上校塞了一些錢到魯賓手裡跟他道別，說：「請照顧好小姐，魯賓，別讓不懂事的人隨便騎黑斯特，要將他留給小姐。」

把馬車交給廠商後，魯賓就騎著我到白獅酒吧，交代那裡的馬夫餵我一些東西，並在四點的時候讓我準備好載他回程。來的途中，我前腳的馬蹄鐵上有支釘子凸了出來，但是馬夫在接近四點的時候才注意到，而魯賓則是在五點的時候走進庭院，說他遇見了一些老朋友，要六點才能離開。這時，馬夫告訴他那支釘子的事，問他是不是應該要處理一下。

「不，」魯賓說，「我們到家再處理就可以了。」

他想都沒想就大聲回答，連馬蹄鐵都沒看一眼，這有點奇怪，因為他平常很注意馬蹄鐵上是否有鬆脫的釘子。六點的時候，他沒有出現，接著七點、八點過去了，等他要帶我離開的時候，已經快要九點了。他說話大聲又粗暴，好像在發脾氣，還罵了馬夫一頓，不過我實在不曉得他為什麼要罵馬夫。

酒吧老闆站在門口對他說：「路上小心啊，史密斯先生！」但他卻怒氣沖沖的罵了他一句。就在我們快要出城的時候，他要我快跑起來，即使我用最快的速度奔跑，他還是不斷用鞭子抽我。這時月亮還沒升起，前方一片黑暗，而這條路上有好多石頭，可能是因為馬路才剛修補過。我的馬蹄鐵在這種速度下變得愈來愈鬆，在接近收費站的時候，它飛了出去。

正常的情況下，魯賓肯定會注意到我的步伐不太對勁，但是他喝得太醉了，所以完全沒有發現。

過了收費站之後就是一條長長的路，上面鋪了新的石頭，而且是又大又尖銳的石頭，如果快速通過一定會有危險。但是跑在這種路上，還掉了一隻馬蹄鐵，魯賓依然要我全速前進，於是他一邊用鞭子抽打，一邊咒罵來逼我加速。我失去馬蹄鐵的那隻腳痛得不得了，我的蹄已經受傷了，裂縫也延伸到接近肉的地方，裡面更是被尖銳的石頭割得亂七八糟。

我沒辦法再這樣跑下去了，這種情況任何一匹馬都承受不了，實在太痛了。我絆了一跤，前腳的膝蓋重重摔在地上，魯賓也被拋了出去，由於我們的速度很快，他應該也

➜我沒有發出聲音，只是站在魯賓旁邊靜靜聆聽。

摔得很慘。我很快的站了起來，一跛一跛的走到路邊沒有石頭的地方，這時月亮剛好冒出圍籬上方，我就在微弱的月光下看見魯賓倒在前面距離我幾公尺的地方。他沒有爬起來，但是動了一下、發出一陣沉重的呻吟。我也很想呻吟，因為我的腳和膝蓋都在劇烈疼痛，可是馬兒習慣默默承受痛苦，所以我沒有發出聲音，只是站在那裡靜靜聆聽。

魯賓又沉痛的哀嚎了一聲，現在月光清楚的照在他身上，可是他再也不動了。我沒辦法幫他，也幫不了我自己。喔！可是我很仔細的聆聽附近的聲音，我多想聽到有馬、輪子，或是人的腳步聲啊！這條路上來往的人並不多，而且這麼晚了，可能要好幾個小時才會有人來幫忙，但我依然靜靜的觀察、靜靜的聽。這是一個寧靜美好的春天夜晚，一切都無聲無息，只有幾隻夜鶯鳴唱的音符；一切都靜止了，只有月亮周圍的白雲在飄動，只有棕色的貓頭鷹從圍籬掠過。我想起好久以前的夏夜，我躺在舒服的草地上，在格雷農夫家，媽媽就在我身邊。

26 酒醉的馬夫與受傷的馬

當我聽見遠方傳來噠噠的馬蹄聲時，大概接近午夜了。那個聲音不時消失一下子，但又變得愈來愈清楚也愈來愈近。回家的路會經過一片屬於伯爵領地的樹林，聲音就是從那裡傳過來的，希望是有人出來找我們。聲音逐漸接近時，我幾乎可以肯定那就是辣薑的腳步聲；等她再靠近一點，我還可以聽出她拉著一台小拖車。我開始大聲嘶鳴，當我聽到辣薑的回應和人的聲音，我簡直開心得不得了。他們慢慢踩著石頭，在倒地的黑色人影前停了下來。

有個人跳下來、走過去看，說：「是魯賓，他沒有反應！」

另一個人也走過去彎腰查看：「他死了，你看，他的手這麼冰。」

他們把魯賓扶起來，但他毫無反應，頭髮上也沾滿了血。他們又把魯賓放下，然後走過來看我，並且立刻發現我的膝蓋受傷了。

「咦，是不是馬跌倒把他摔出去的啊？沒想到這匹黑馬會出這種狀況，他不可能自己摔下馬的。魯賓一定倒在這裡很久了！真奇怪，這匹馬竟然沒有離開。」

羅伯特牽著我往前，我踏了一步，但差點跌倒。

「哇！他的腳跟膝蓋都受傷了，你看，他的蹄裂成了好幾塊，一定是跌倒了，可憐的傢伙。奈德，我跟你說，魯賓搞不好有什麼地方不對勁，他怎麼可能讓馬沒有穿好馬蹄鐵就在石頭路上跑呢？要是平常，他絕對會把馬兒弄得好好的再上路，他恐怕又故態復萌了。可憐的蘇珊，她臉色發白的來我家詢問魯賓的下落，還一邊壓抑自己擔心的樣子，說了一大堆魯賓可能被耽擱的理由，不過最後她還是懇求我出來找他。我們該怎麼辦才好？得把這匹馬和魯賓的屍體都帶回家才行，這可不容易啊。」

他們交談了一陣子，然後決定由馬夫羅伯特牽我回家，屍體就由奈德負責運送。把屍體搬上小拖車可是很辛苦的，因為沒有多餘的手可以抓住辣薑、避免拖車滑動，但是辣薑跟我一樣了解現在的狀況，所以就像顆石頭那樣穩穩的站著。我注意到了這點，因為平常她站太久都會有點不耐煩。

於是，奈德載著可憐的魯賓緩緩前進，羅伯特又來查看我的腳，然後拿出手帕簡單包紮，再帶我回家。我永遠也忘不了那段五公里長的路，走起來感覺好遠好遠。他用很慢的速度牽著我，我只能忍著劇痛一拐一拐的努力前進。我想他了解我的痛苦，因為他經常拍拍我，也不斷的鼓勵我，用溫柔的語氣跟我說話。

終於，我還是回到了圍欄，也吃了一點穀粒。羅伯特用溼布包住我的腳踝，然後在蹄上敷了一層麥糊，用來鎮靜痛得發熱的傷口，等到早上獸醫來之前才再次清洗乾淨。帶著受傷的腿，我還是想辦法在稻草堆裡躺下，然後在疼痛中漸漸睡著。

魯賓的妻子跟六個小孩得再度離開橡樹旁邊的溫馨小屋。

隔天，獸醫檢查了我的傷口之後說希望我的關節沒有受傷，如果受傷了，以後就不能工作，同時，腳上的疤痕也不會消失。我相信他們已經盡力醫治我了，但是這段日子真是痛苦又難熬。後來，我的膝蓋上長了一些肉芽，他們說這叫做「浮肉」，並用藥劑腐蝕這些肉芽。等到傷口終於癒合，他們便在我的膝蓋前側塗上一層泡泡，把毛去掉。他們這麼做一定有理由，我想應該沒關係。

由於魯賓死得很突然，當時也沒有人知道到底發生了什麼事，所以他們進行了調查。白獅酒吧的老闆和馬夫，還有另外幾個人都說魯賓離開的時候已經喝醉了；收費站的人說，他通過柵門的時候騎得飛快；還有，我的馬蹄鐵也在石頭路上被找到了，所以一切都很清楚了，再也沒有人責怪我。

大家都很同情蘇珊，她幾乎快要崩潰了，在魯賓下葬之前不斷的說：「噢，他是個多麼好的人！都是那可惡的酒！為什麼他們要賣這麼可怕的東西？噢，魯賓，魯賓啊！」在那之後，她便無家可歸了，她也沒有其他親戚，於是她跟六個小孩得再度離開橡樹旁邊的溫馨小屋，住進陰暗的收容所。

27 離開伯爵莊園

膝蓋的傷好了之後，我被帶到一塊小草原生活了一、兩個月。那裡沒有其他動物，雖然我很享受那樣的自由和美味的嫩草，但我已經習慣跟大家相處在一起了，所以也感到十分寂寞。我跟辣薑有很深厚的情誼，我在這裡特別想念她的陪伴。我常對路過的馬匹嘶鳴，但是很少得到回應，直到有一天，走進莊園大門的竟然是我親愛的老朋友辣薑。牽引她的人把牽馬索卸下之後就讓她留在這裡，我發出開心的嘶鳴聲、跑向她。我們都很開心可以見到彼此，但是她被帶來這裡的原因並不是為了讓我們相聚。她有一段很長的故事，總之她操勞過度，所以暫時讓她休息，以後再作打算。

年輕的喬治少爺向來都聽不進別人的建言，他騎馬的方式粗暴，也不會顧慮到馬匹的狀況，一有機會就想打獵。在我離開馬廄到草地生活後不久，有一場越野障礙賽即將舉辦，他也決心要參加。雖然馬夫告訴他辣薑有點過勞，不適合參加比賽，但他卻不這麼想，還在比賽當天要辣薑追趕最前面的騎士。辣薑用盡所有力氣，最後獲得了第三名，但她的呼吸系統也因此受損，而且喬治少爺對她來說太重了，所以背也扭傷了。

「所以，」她說，「就因為一個醉漢跟一個笨蛋，我們在最璀璨的年紀、體力大好的時候，就落得了這種下場，真是難受。」我們都覺得自己的狀況大不如前。不過，我們還是在彼此的陪伴下度過了美好的時光，雖然無法跟以前一樣在草原上奔馳，但我們還是快樂的一起吃草、一起躺下，也會在樹陰下站好幾個小時、把頭靠在彼此身上，就這樣過日子，直到伯爵一家從倫敦回來。

有一天，我們看見伯爵走進這片草地，約克也跟著他，我們就站在樹下等他們走過來。他們仔細查看我們，伯爵看起來不太高興。

「三百鎊就這樣白白浪費掉了，」他說，「但我最在意的是，這兩匹馬是我的老朋友交給我的，他們認為這兩匹馬在我這裡可以得到很好的照顧，結果卻傷成這個樣子。先讓那匹母馬休息一年，我們之後再做打算；黑馬得賣掉，真是可惜，但他的膝蓋變成這樣，我不能留下他。」

「喔，先生，這是當然的。」約克說。「我們可以幫他找個不太講求外表，又可以好好照顧他的地方。我知道在巴斯有位出租馬車行的老闆，經常在找不那麼漂亮但又能工作的馬，我知道他對馬還不錯。之前的調查已經還這匹馬清白了，再加上您或是我的推薦，他應該會接受。」

「那你就寫封信給他吧，約克。我比較在意那邊的環境，售價倒不是最重要的事。」

搭火車對我來說是一件新奇的事。

說完，他們便離開了。

「他們很快就會把你帶走，」辣薑說，「我要失去唯一的朋友了，我們大概不會再相見了，這個世界真是殘酷啊！」

大約一個星期之後，羅伯特拿著牽馬索走進草地，把它套在我的頭上之後就帶我離開了。我來不及跟辣薑說再見，只能在離開的路上對彼此嘶鳴，她擔憂的沿著圍籬奔跑，不斷對我呼喊，直到再也聽不見我的腳步聲。

透過約克的介紹，我將轉售給一位經營出租馬車的人。我得搭火車去，這對我來說是件新奇的事，也需要一點勇氣，因為火車會噴出蒸氣，車站裡還有尖銳的哨音，運送馬匹的車廂也搖搖晃晃的，但是當我了解這些都不會弄傷我之後，我便平靜了下來。

這段旅程結束後，我抵達了一個還不錯的馬廄，也受到很好的照料。但是這裡的馬廄並不像我以前待過的那麼通風舒適，而且圍欄的地板是斜的，由於我被拴在飼料槽上，所以得一直斜斜的站著，這讓我很疲累。人類似乎不知道，如果可以讓馬舒服的站著、自由轉身活動，他就可以做更多工作。除此之外，我吃的食物還不錯，他們也把我清理得很乾淨，整體來說，新主人確實盡力照顧我們了。他擁有很多馬匹和各式各樣的馬車，都會出租給他人使用，有時候會由這裡的員工駕車，有時候則是由租車的人自己處理。

28 職業馬匹與他的駕駛人

來到這裡之前，我拉的馬車都是由懂得駕車的人所駕駛，但在這裡，我遇到了各種糟糕又無知的駕駛，因為我變成了他們口中的「工作馬」，所以會被派去給各式各樣想要我拉車的人。由於我的脾氣比較溫和，又比其他的馬兒更容易被派去幫不懂得駕車的人，他們認為這樣比較可靠。我遇過各種不同的駕駛習慣，一時也說不完，所以我就簡單的敘述。

首先，有些人會把韁繩抓得很緊。他們似乎認為騎馬或駕車就是要抓得愈緊愈好，時時刻刻都不能鬆開繫在馬嘴上的韁繩，也不能讓馬有自由擺動的空間。他們經常把「好好抓著馬」和「把馬抓住」掛在嘴上，彷彿一匹馬連抬頭站好的能力都沒有。

有些可憐的馬兒健康狀況比較糟，他們的嘴巴硬化、變得比較不敏感，就是因為韁繩抓得太緊，這種駕駛方式也許能讓馬有更靈敏的反應，但是健全的馬有柔軟的嘴巴，也很容易接受引導，這麼做不僅是折磨，也完全沒有必要。

再來就是把韁繩放得很鬆的人，他們會把兩隻手放在膝蓋上，讓韁繩垂到我們的背上。這樣完全無法控制馬兒，如果路上有突發狀況就糟了。當馬兒閃避東西、跌倒，或

是被嚇得跳起來時，駕駛一點辦法也沒有，也無法顧好自己，只能眼睜睜看著慘劇發生。不過，我並不討厭這種人，因為我沒有亂跳亂跑的習慣，也喜歡引導和鼓勵。儘管如此，大部分的馬兒還是希望在下坡時能感受到一點點被韁繩拉住的感覺，也希望坐在馬背上的人別睡著了才好。

而且，懶惰的駕車方式也會讓馬變得懶惰，當換了另一位駕駛，大概就會用鞭子伺候、傷害馬匹了。我的第二位主人戈登先生總是讓我們以最恰當的步調前進、培養良好的習慣。他說，寵壞一匹馬並讓他們養成壞習慣，就跟寵壞小孩一樣，以後都要承擔後果。

駕車習慣不好的人通常也粗心又草率，他們認為照顧馬匹一點也不重要。有一次我就跟這種駕駛拉著敞篷馬車出去，載著一位小姐和兩個小孩，剛啟程的時候他就胡亂扯動韁繩，而且不知道為什麼，即使我好好的前進，他還是用鞭子抽了我幾下。我們在路上遇到了修補馬路的工程，所以無論是剛鋪好的新石頭還是舊的石頭，都很容易鬆動，但是那位駕駛不斷跟小姐和孩子有說有笑，聊得非常起勁，卻沒想到要注意我的狀況，讓車從比較平坦的地方通過，所以有一顆石頭卡進了我的一隻前腳。

這種情況下，如果是戈登先生或是馬夫約翰，甚至是任何一位好的駕駛，都會在我只能用三隻腳跑之前就察覺到出了狀況。如果是一位駕車好手，即使天黑了也能從韁繩的反應察覺出我的步伐有問題，然後下車把石頭拿出來。但是這個人只顧著聊天，完全不知道我每踏一步，石頭就在馬蹄鐵和腳底間的縫隙愈陷愈深。石頭尖銳的那一面刺進了我的馬蹄，這對馬來說相當危險，因為腳被割傷的馬很容易摔倒。

我不知道那個人只是粗心，還是視力有問題，但是我就這樣卡著石頭跑了一公里後他才發現，因為我的腳實在很痛，所以跛得很厲害。他發現之後說：「真奇怪啊，他們竟然租給我們一匹跛腳的馬！真是沒良心！」

然後他就甩甩韁繩，把鞭子揮來揮去，說：「不要再混水摸魚啦，我們還有路要趕，裝跛是沒有用的。」

就在這個時候，有位農夫騎著一匹棕色的馬走了過來，他舉起帽子、停下來。

「抱歉打擾了，先生，」他說，「你的馬好像有點問題，從他的樣子看起來，可能是馬蹄鐵裡有石頭，如果你同意，我可以幫你看看他的腳。這些散亂的石頭對馬來說是很危險的東西啊。」

「這匹馬是租來的，」我的駕駛說，「不曉得他是怎麼了，但出租這種跛腳的馬實在很糟糕。」

農夫跳下馬，他的韁繩滑過手臂，接著立刻開始檢查我的腳。

「哎呀，真的有顆石頭啊！難怪他一跛一跛的！」

他試著用手把石頭弄出來，但是它卡得很緊，所以他就從口袋裡拿出了一個小工具，小心翼翼的花了一番功夫將石頭挖出來，然後拿給我的駕駛看，並說：「這就是卡在他腳裡的石頭，他沒倒地也沒摔斷膝蓋，真是個奇蹟啊！」

「喔，當然，」我的駕駛說，「真奇怪，我從來不知道石頭會卡進馬的腳裡。」

「你不知道啊？」農夫非常不以為然，「這很常見啊，即使是最棒的馬兒也會有同樣的狀況，這種路上難免會遇到。如果你不希望馬跛腳，就要仔細看路，盡快讓他們離開這種地方。這隻腳傷得很嚴重。」他說，一邊輕輕放下我的腳，然後拍拍我，「如果可以給你一些建議，先生，請你先溫柔待他吧，他的腳很痛，走起來還是會一跛一跛的。」

農夫騎上他的馬，對小姐舉帽致意之後便離開了。

他走了之後，我的駕駛就開始扯動韁繩，我想應該是叫我繼續前進的意思，所以我也照做了。能擺脫那顆石頭真好，不過我的腳還是很痛。

這就是工作馬經常遭受到的待遇。

29 馬兒與不需要休息的火車

還有一種駕駛會把我們當成永遠不需要休息的蒸氣引擎，他們通常是住在城裡的人，從來沒有養過馬，出門也幾乎都是搭火車。他們似乎認為馬跟蒸汽引擎差不多，只是比較小一點。只要付了錢，不管距離有多遠、速度要多快，就算東西再重，我們都要滿足他們的需求。無論路面泥濘還是乾爽，天氣是好是壞，上坡或下坡，對他們來說都一樣——跑、跑、跑，馬兒就是得跑，要維持一樣的速度，不用休息也不用關心照料。

遇到陡坡的時候，這些人也不會下來走路，不會的，因為他們付了錢，就是要讓馬來拉啊！而馬呢？喔，我們早就習慣了吧！馬不就是要把人拉上坡的嗎？走路？說什麼笑話啊！所以他們不斷揮鞭、亂甩韁繩，也經常粗暴的大罵：「快前進，你這個懶惰的畜生！」接著就是鞭子的啪啪聲。我們一直盡力服從，也不抱怨，但是被這樣對待讓我們既苦惱又喪志。

這種「蒸汽引擎駕駛」讓我們的身心被消耗得很快，比其他的駕駛還要嚴重。跟他們跑十公里的路，絕對比跟一位細心的好駕駛跑二十公里還要累。

還有，無論前方的下坡有多陡，他們也幾乎不會煞車，所以有時候會發生嚴重的意外。就算他們拉起煞車桿，也常常忘記要在下坡結束時放下來。就因為駕駛沒有注意，我曾經不止一次拉著輪子被煞車夾住的馬車爬坡，這對我們來說是非常累的。

這些城裡的人還會要求我們在剛起步的平路上全速往前衝，不像那些經常駕車的男士，會讓我們用輕鬆的步調起跑。而停車的時候，他們先是鞭打我們，再突然用力拉起韁繩，害我們的腰得用力支撐才不會失去平衡，嘴巴也被口銜磨得很痛，他們把這種停車方式稱為「急停」。轉彎的時候，他們也會突然急轉，跑到別人的車道上，一點都不遵守行車規則。

我記得很清楚，某個春天的夜晚，我跟羅瑞一起出門拉車。羅瑞是匹老實善良的馬，我們常常一起被派給要租一對馬匹的人。那天駕車的是我們自己的駕駛，他總是細心又溫柔，所以我們過得很愉快。我們在日出前踏著舒服又整齊的步伐，跑在回家的路上。前方的路有一個向左的急轉彎，但是因為我們很靠近左側的圍籬，所以有很充足的空間可以轉彎，駕駛便沒有把韁繩拉緊。接近轉角的時候，我聽見一匹馬和兩個輪子飛快下坡朝我們衝過來的聲音。高高的圍籬擋住了我的視線，下一秒，我們便撞在一起了。我比較幸運，是站在靠圍籬的那邊，但羅瑞就沒有這麼幸運了，他旁邊並沒有東西可以保護他。由於對方駕駛讓馬匹急轉，當他看見我們的時候，已經來不及回到自己的車道上，所以一頭撞上了羅瑞。那台雙輪馬車的車轅刺進了羅瑞的胸膛，他尖叫著退了幾步，我絕對忘不了那一幕。沒想到，對方的馬也是向我們租的，他的馬車則是時下年輕人最喜歡的大輪子款式。

那位駕駛就是態度隨便又無知的人，他甚至不知道自己該走在馬路的哪一邊，或是即使知道也不在乎。可憐的羅瑞就這樣皮開肉綻、鮮血直流。人們說如果傷口再偏一點，他大概就沒命了。我想那說不定對羅瑞反而比較好，他真是太可憐了。

他的傷經過很長的一段時間才癒合，接著就被賣去拉煤礦車。他在那裡得上上下下拉車、爬過陡坡，那種苦只有馬兒才會懂。我看過他們工作的景象，馬兒必須拉著沉重的兩輪貨車下坡，那種車還沒有加裝煞車。現在回想起來，我依然覺得很難過。

羅瑞受傷之後，我常跟一匹名叫佩姬的母馬一起拉車，她就住在我隔壁的圍欄。她的身材強壯又勻稱，淺棕色的毛帶有漂亮的斑點，還有深棕色的鬃毛和尾巴。她沒有高貴的血統，但卻非常美麗，性情極為溫順又認真工作，可是她的眼神卻帶著憂慮，所以我知道絕對有事情困擾著她。第一次一起拉車的時候，我覺得她的步伐很奇怪，速度忽快忽慢，有時候是三節拍的步伐，有時候是四節拍的步伐，還會往前跳。

這種步調會讓一起拉車的夥伴難以配合，所以我覺得很煩躁。回到圍欄以後，我就問她為什麼前進的方式這麼奇怪。

「啊，」她苦惱的說，「我知道我的步伐很亂，我不是故意的，但也沒有別的辦法，因為我的腿太短了。我的身高跟你差不多，可是你的大腿比我長了七公分左右，所以步伐比我大、跑得比較快。我也不希望自己長成這個模樣，要是能決定自己的腿有多長該有多好啊！」說到這裡，佩姬顯得很洩氣。

「不過，」我說，「妳力氣很大，脾氣好又認真啊！」

「喔！」她說，「可是大家都希望馬跑快一點，如果我趕不上另一匹馬，就只能挨鞭子了，所以我只好努力跑，步伐才會這麼奇怪。不過我不是一直都這樣的，我的第一個主人喜歡讓我用小跑步的節奏穩定前進，當然啦，以前他都不會匆忙趕路。他是個年輕的好主人，在鄉下當牧師，平常要輪流到兩間教堂工作，距離有點遠，所以我有很多路要跑，但他從來不會因為我跑得不夠快而罵我或是打我。他很喜歡我喔，真希望我可以繼續跟他在一起，但是他要到大城市工作，所以就把我賣給一位農夫。

「你也知道，有些農夫對馬兒很好，但買下我的那位農夫應該不是個好人。他一點也不在乎該如何照顧或駕駛馬匹，只想要我拚命往前衝。即使盡力的跑，對他來說還是不夠快，所以他就一直鞭打我，後來我就漸漸養成了這種奇怪的跑步習慣。有市集的時候，他就會在客棧待得特別晚，然後要我飛奔趕路回家。

「有一天晚上，我們又跟平常一樣趕路回家，突然間輪子撞上了一個又大又重的東西，馬車瞬間就翻倒了，他也跟著飛了出去，把手給摔斷了，可能也斷了幾根肋骨吧，所以我在那邊的日子也結束了，不過我並不難過。但是你也知道，如果駕駛在意的是速度，不管我在哪裡拉車都會遇到一樣的狀況。真希望我的腿可以長一點！」

可憐的佩姬！我很同情她，可是也沒辦法安慰她。我知道對速度慢的馬來說，跟速度快的馬一起拉車是很痛苦的，只會招來一堆鞭子，但這其實不是馬兒的錯。

佩姬常常被派去拉四輪敞篷馬車，有些小姐喜歡她溫順的性格。後來她被賣給兩位小姐，因為她們都自己駕車，想要一匹既安全又柔順的好馬。

有幾次我在鄉下遇見她，她踩著穩健的步伐，彷彿是全世界最快樂、最滿足的馬。我感到很高興，因為她值得被這樣好好對待。

佩姬離開之後，又有另一匹馬來接替她的位置。這匹馬很年輕，但聽說很容易受到驚嚇和跳起來，所以就被迫離開了以前的好地方，我便問他為什麼。

「喔，我也不太清楚，」他說，「我從小就很膽小，也被狠狠嚇過幾次。如果有奇怪的東西出現我就會轉過去看，你也知道，帶眼罩時可以看見的東西有限，除非轉身仔細看，否則也無法了解它們。可是這時候主人就會鞭打我，我當然就嚇得跳起來了，鞭打真是一點幫助也沒有。我想，如果他可以讓我好好看清楚，當我知道那些東西沒有危險，就不會害怕了吧。有一天，主人跟一位老先生一起騎馬，有一片不曉得是白紙還是破布的東西被風吹到我身上，我就亂了腳步，然後往前跳。於是主人就跟平常一樣用力打我，但是那位老先生大喊：『不對！不對！你千萬不能鞭打被嚇到的馬兒。他亂跑是因為被嚇到了，鞭打只會再次嚇到他，讓情況變得更糟。』大家應該都不了解，我當然不願意沒事亂跑亂跳，但是如果我沒辦法好好了解和習慣某些東西，怎麼知道哪些是危險的、哪些是安全的呢？我不會害怕熟悉的東西呀！像我就不怕鹿，因為我從小生長在一個有很多鹿的地方，我知道他們就像牛或羊，只是比較少見。不過，有些敏感的馬兒就會怕他們，經過有鹿的地方還會亂踢一通。」

我知道他說的都是真心話，真希望大家小時候都能有像格雷農夫和戈登先生這樣的好主人。

當然，我們有時候也會遇到很好的駕駛。我記得有天早上，我要拉一台輕便雙輪小馬車，於是就被帶到普爾特尼街上的某間房子前。兩位男士走了出來，比較高的那位走到我面前查看了口銜和韁繩，並調整了一下我的馬軛，確保我戴得舒服。

「你覺得這匹馬喜歡戴這種口銜嗎？」他對身旁的馬夫說。

「我認為，」那個人說，「就算沒有口銜他也可以跑得很好，因為他的嘴巴非常健康，這很少見，而且他看起來精神和力氣都不錯，性情也很好。不過的確有不少人喜歡用這種口銜。」

「我不喜歡，」那位男士說，「把它拿下來吧，然後把韁繩拉到臉頰的位置。健康的嘴巴對長途旅程來說是好事啊，對吧，好傢伙？」他說道，並拍拍我的脖子。

接著他握起韁繩，兩個人便上了車。我記得他無聲無息的帶我轉身，用韁繩輕輕引導我，再把鞭子輕柔的滑過我的背，我們便啟程了。

我拱起脖子，拿出了最棒的拉車節奏，我很高興自己載著一位懂得怎麼駕馭好馬的人，感覺自己又回到了從前，真是太令我開心了。

這位男士非常喜歡我，後來他用馬鞍試騎幾次之後便去說服我的主人，把我賣給他的一個朋友，因為他朋友想要一匹安全又舒適的馬。於是，那個夏天我被賣給了貝瑞先生。

30 馬廄裡的小偷

我的新家也在巴斯，男主人尚未結婚，非常投入他的事業。醫生建議他透過騎馬來運動，所以才買下我。他在住家附近租了一個馬廄，由一位名叫費爾契的人擔任馬夫。主人並不是很懂馬，但是對我很好，若不是他不懂某些事情，我就可以過得更好了。他幫我買了最高級的乾草和好多好多燕麥、碎豆子和麥皮，還配了豌豆或黑麥草，只要馬夫認為有需要，他都幫我買。我親耳聽到主人說要買這些東西，所以知道我將會有很多很好吃的食物，也就以為在這裡可以有好日子。

幾天下來，一切都很好，我的馬夫也很會照顧馬兒。他把馬廄弄得乾淨又通風，也很仔細的幫我梳理，無論做什麼都很輕柔。他曾經在巴斯某間有名的旅館擔任過馬夫，但是後來放棄了那份工作，現在則是種一些蔬果拿到市集販賣，他太太也會把雞、鴨和兔子養大後拿去賣。一陣子之後，我感覺燕麥變少了，以前麥皮是跟燕麥混在一起的，現在則是跟豆子混在一起，燕麥變得非常少，不到原本的四分之一。不到兩、三個星期，我的力氣和精神都大受影響。我吃的草雖然很棒，但是缺乏穀類就沒辦法維持體力。儘管如此，我也無法抱怨，更別說要向人訴說我的需求，於是就這樣過了兩個月，我很驚訝主人竟然沒有發現任何不對勁。但是有一天下午，主人騎著我去鄉下見一位經營農場的朋友，他就住在通往韋爾斯的路上。

這位農場主人對馬兒慧眼獨具，招待完主人之後，便把視線移到我身上，並說：「貝瑞，我看了你的馬，他的狀況比你剛買下他的時候還糟呢，他過得好嗎？」

「還不錯吧，我想。」我主人說。「但他的活力跟以前差好多啊，馬夫跟我說，馬在秋天的時候都比較虛弱，所以我想這應該是正常的。」

「秋天？真是胡說八道！」那位農場主人說。「現在才八月呢，工作少又吃得好，精神不應該這麼差才對，就算是秋天也不至於如此。你都餵他吃些什麼？」

主人告訴了他，他搖了搖頭，然後仔細觸摸我的身體。

「我是不曉得那些穀子到底進了誰的肚子，但我很懷疑你的馬是不是真的有吃進嘴裡。你騎得很快嗎？」

「不，我都慢慢騎。」

「你來摸摸這裡。」他說，然後讓主人的手在我的脖子和肩膀上移動。「他身體的溫度和潮溼的感覺，就像一匹只吃草的馬。我建議你多留意一下你的馬廄，我不喜歡懷疑別人，而且感謝老天，我的馬夫都很值得信任，無論我有沒有親自監督他們。不過就

警察走進來，並用力抓著男孩的手臂。

是有些卑鄙的壞蛋，會跟啞巴動物搶食物，你真的要注意這件事。」說完，他便對前來牽我的馬夫說：「拿碎燕麥好好餵他一頓，他想吃多少就讓他吃多少。」

「啞巴動物！」是啊，我們的確不能說話。如果我能說話，就可以告訴主人他的燕麥跑去哪裡了。每天早上六點鐘，馬夫會帶一個小男孩出現，小男孩總是拿著一個有蓋的籃子，跟他爸爸一起走進放馬具的房間，那裡就是存放穀子的地方。然後我會從半開的門看到他們從桶子裡裝一小袋燕麥，接著小男孩就會離開。

五、六天以後，小男孩才剛離開馬廄，大門又被推了開來，有位警察走進來並用力抓著男孩的手臂。另一位警察也跟了上來，把門鎖上後說：「告訴我你爸爸把兔子的食物放在哪裡。」

小男孩看起來非常害怕，大哭了起來，但是他也沒有別的辦法，於是就帶警察去看燕麥桶。警察在那裡發現了一個空袋子，跟小男孩籃子裡裝滿燕麥的袋子一模一樣。

當時馬夫費爾契正在清理我的腳，警察很快就看到了他，他狡辯了一陣之後便被帶去附近的「拘留室」，他兒子也跟了過去。我後來聽說那個小男孩沒有被判刑，但是費爾契得坐牢兩個月。

31

辛勤的外表與懶惰的內在

費爾契被帶走之後，主人並沒有馬上獲得賠償，但沒過幾天，我的新馬夫就來了。他很高，長得也很英俊，但若要說有哪位馬夫散發著花言巧語的氣息，那一定是這位艾福．史莫克。他對我客氣有禮，也從未虐待我；事實上，當馬廄老闆在場的時候，他就會很勤勞的拍拍我、安撫我。把我帶出去之前，他都會把我的鬃毛和尾巴梳洗好、為我的蹄塗一點油，讓我看起來漂漂亮亮的，但是對於清理我的腳、查看馬蹄鐵，或是幫我刷洗全身這種事情，他則把我當成一隻牛來對待，所以我的口銜都生鏽了、馬鞍沒有晾乾、束尾帶也很緊，他都沒有處理。

艾福覺得自己很帥氣，他會在馬具房的一面鏡子前花很多時間整理頭髮、鬍子和領帶。當馬廄老闆跟他說話的時候，他總是回答：「是的，先生；是的，先生。」每講一個字就禮貌的摸一下帽子。大家都認為他是個很棒的年輕人，貝瑞先生能遇到他真是幸運，但是我認為他是我遇過最懶惰又自以為是的人。沒有被虐待當然是件值得慶幸的事，但是一匹馬想要的可不只有這樣。我住的是放養欄，要不是艾福這麼懶得打掃，這裡其實是個很舒適的地方。他沒有把用過的稻草清理乾淨，所以稻草下面累積的髒汙就

會散發出可怕的味道，這股氣味還會讓我流眼淚，眼睛又紅又腫，胃口也因此變得很差。

有一天，馬廄老闆走進來說：「艾福，馬廄的味道好重啊，你是不是應該把這裡刷洗一番，多沖點水啊？」

「喔，先生，」艾福摸著帽子說，「如果您希望，我當然會做，先生。但是在圍欄裡沖水很危險，他們很可能會因此感冒啊，先生。我非常不願意傷害他們，但是您的要求我還是會做，先生。」

「這樣啊，」馬廄老闆說，「我也不希望他們感冒，但我還是覺得這裡臭臭的，排水管沒問題吧？」

「先生，既然您提起這件事，有時排水管的確有點堵塞發臭，可能有點問題啊，先生。」

「那就找泥水匠來檢查一下吧。」馬廄老闆說。

「是的，先生，我會的。」

泥水匠來了之後，拆開好幾塊磚頭，但沒有發現任何問題，所以就撒了些石灰除臭，並跟馬廄老闆收了五先令的費用，但我腳下的味道還是一樣臭。不過事情還不只這樣，我站在一堆潮溼的稻草裡，腳變得愈來愈不健康，也有點敏感，主人便說：「不知道這匹馬是怎麼了，他跑起來有點笨拙，有時候我真怕他會跌倒。」

「是的，先生，」艾福說，「我帶他去運動的時候也有發現這個問題。」

但事實上，他幾乎沒有帶我去運動過，有時主人很忙，我便會在圍欄裡站好幾天，完全沒有出去活動筋骨，但還是吃得跟工作繁重時一樣多，所以我的健康也開始出現問題，有時身體沉重又遲鈍，更經常感到不安和亢奮。若能吃點草或麥糊我就會比較冷靜，但艾福從來不餵我這些，因為他無知的程度就跟自以為是的態度差不多。自從我的健康變差了之後，他應該要帶我去運動或改變飲食的，但他卻反而餵我吃藥，除了要費力的從喉嚨灌進去，吃了藥之後我也會感到很不舒服。

有一天我載著主人出門，用敏感的腳在石頭路上奔跑，結果差點絆倒兩次，所以主人就在往城裡的路上找了一位釘蹄師，請他幫忙看看我發生了什麼事。那個人仔細檢查我每一條腿，然後站起身來、拍去手上的灰塵，對主人說：「他的腳感染了病菌，而且非常嚴重，蹄也很敏感，沒摔倒真是幸運啊。你的馬夫都沒有注意到嗎？馬會得這種病通常都是因為馬廄很髒、垃圾沒有清理乾淨。如果你的馬夫明天可以一起過來，我會先處理馬蹄，再給他一些藥膏，教他該怎麼擦藥。」

隔天，我的蹄就被徹底清潔乾淨，然後塞進一些沾滿藥劑的麻布，那種感覺真不舒服。

釘蹄師說，每天都要把圍欄裡的垃圾清乾淨、地板必須維持整潔，還要讓我吃麥糊，加上一點綠色食物，別吃太多穀類，直到我的腳康復為止。在這樣的照料之下，我很快就恢復活力，但是貝瑞先生對於被馬夫騙了兩次感到非常厭煩，所以決定不再養馬，只用租的就好。所以在我的腳恢復之後，我又被賣掉了。

Part 3 出租馬與駕駛人

32 馬匹拍賣會

對於一匹一無所有的馬兒來說，馬匹拍賣會是個有趣的地方，可以讓你大開眼界。

我看見一長排從鄉下和沼澤地來的年輕馬兒；還有一群又一群毛髮蓬亂的威爾斯小型馬，個子比歡樂腿還要矮；當然也有很多各式各樣專門拉貨車的馬匹，有的長尾巴被綁成辮子、繫上紅色繩子；還有很多像我這樣的馬，有俊美的外表和高貴的血統，但卻因為意外受傷、讓主人不開心、呼吸不順，或是其他原因而落入平凡人家。這裡有些漂亮的馬正處在最年輕力壯的時候，無論做什麼工作都很適合，他們會秀出自己的腿，被帶去小跑的時候會把腳抬得高高的炫耀自己的步伐，還有馬夫跟在一旁。站在外圈的都是些可憐的馬兒，因為工作太粗重而受傷，膝蓋就快要支撐不住身體的重量，走路的時候，後腿還會往外翹。還有一些看起來非常沮喪的老馬，下嘴唇不自覺的垂下，耳朵也沉重的向後貼著脖子，就像在宣告活著早已沒有意義，也不再懷抱任何希望了。有的馬匹十分消瘦，肋骨一根一根清楚可見，也有些馬的馬背和屁股上留有已經潰爛的傷疤。身為一匹馬，這些

馬兒抬高自己的腿，並炫耀自己的步伐。

畫面實在令我不忍心看，不知道我是否也會變成這樣。

這裡的買賣氣氛熱烈，有人哄抬價格，也有人忙著殺價。根據我的了解，馬匹拍賣會裡充滿了謊言和騙局，再精明的人可能也很難知道真相。我跟兩、三匹看起來強壯又能幹的馬站在一起，有很多人過來看我們，不過男士總是在看到我受傷的膝蓋之後就轉身離去，即使叫賣的人一再保證我只是在馬廄滑了一跤，也沒有繼續留下來。

來看我的人做的第一件事就是拉開我的嘴巴，然後看看我的眼睛，再仔細觸摸我的腿，用力試探我的皮膚和肌肉，最後才是試騎。雖然是同樣的步驟，但每個人都會用不同的方式對待我，真是讓我大開眼界。有些人動作粗魯又隨便，把我當成一根木頭；也有人會輕柔的摸我，不時拍拍我，好像是在為他們的動作事先取得我的同意。從他們對我的態度，我就可以判斷這些買家是好是壞。

其中有一個人，如果他能買下我，我一定會很開心。他不是上流社會的人，也不是嗓門大又暴躁的那種人，他的個子挺矮的，不過還算結實，動作也非常輕巧迅速。從他對待我的方式，我就知道他是個經常與馬為伍的人。他說話的語氣溫和，灰色的眼睛裡有種善良快樂的特質。雖然這樣說有點奇怪，但我真的從他身上聞到了一股乾淨清爽的味道，讓我非常喜歡。那不是我討厭的啤酒或菸草味，而是一股清新的味道，好像他剛從乾草棚走出來一樣。他出價二十三鎊想買下我，但是被拒絕，所以他就離開了。我的眼睛一直盯著他，可是他很快就消失了。接著，來了一個看起來很凶、嗓門又大的人，我非常害怕他會把我帶走，不過他也離開了，然後又有一、兩個人走過來，但是並沒有打算買我。後來，表情很凶的男人又走回來出價二十三鎊，他們開始討價還價了，銷售員也開始擔心沒辦法賣到想要的價錢，降價是免不了的。就在這個時候，灰色眼睛的男人回來了，我忍不住把頭伸向他，他便開心的摸摸我的臉。

「嘿，老弟，」他說，「我想我們應該能合作無間。我出二十四鎊買他。」

「二十五鎊你就能把他帶回家。」

「二十四鎊又十先令，」我的新朋友語氣堅決，「再多也不給了，賣還是不賣？」

「成交。」銷售員說，「跟你保證，這匹馬實力不凡，如果是要拉出租馬車，他簡直物超所值。」

把這筆錢付清之後，我的新主人便拉著我的牽馬索離開會場、走進一間旅館，那裡有他準備好的馬具和馬鞍。他餵我吃了一頓燕麥，當我吃東西時，他就在旁邊自言自語，也跟我說說話。半小時之後，我們便啟程前往倫敦。我們穿過美麗的巷道和鄉間小

✦我們來到通往倫敦的寬廣馬路。

路，然後來到一條通往倫敦的寬廣馬路，在這條路上穩穩的前進，黃昏時我們便進入了這座大城市。路上的煤油燈被點亮了，這裡的街道左一條、右一條，還有很多相互交錯的路，延伸到很遠很遠的地方，我想這條路大概永遠也走不完。最後，我們在過了某一條馬路之後來到了一個很大的出租馬車站，我的主人用愉快的聲音大喊：「晚安，葛蘭老爺！」

「嘿！」有一個聲音傳來，「有找到好馬嗎？」

「這匹不錯喔。」我的主人說。

「祝你們合作愉快！」

「謝謝你，葛蘭老爺。」我們繼續往前，很快的走上一條小街道，接著又在途中轉進一條小路，一邊是破舊的房屋，另一邊看起來像是大型的公共馬車和馬廄。

主人停在某間屋子前面，並吹了一聲口哨。門打開了，有位年輕的女人跑了出來，身後跟著一個小男孩和一個小女孩。主人跳下馬，熱情的跟他們打招呼。

「哈利，乖兒子，幫忙打開柵門吧，媽媽會幫我們拿燈。」

我走進一個小小的馬廄，他們全都圍繞在我身邊。

「他很乖嗎，爸爸？」

「是啊，小桃莉，就跟妳的小貓一樣乖喔，來拍拍他吧。」

我感覺到一隻小手在我的肩上拍來拍去，她一點都不害怕。這種感覺真好！

✈我被帶進一個舒適的圍欄，那裡有一股乾淨的味道，還有很多乾稻草。

「我來弄一點麥糊吧，你先幫他搓洗一下。」那位母親說。

「很好，小桃莉，他很喜歡妳這樣拍他喔。妳是不是也幫我準備了好吃的麥糊啊？」

「是碎肉餡餅跟蘋果派！」那個男孩大聲說，大家都笑了。

我被帶進一個舒適的圍欄，那裡有一股乾淨的味道，還有很多乾稻草。飽餐一頓之後我躺下來，心想我應該會在這裡過得很開心。

33 在倫敦拉出租馬車

我的新主人名叫傑瑞米．貝克，不過大家都叫他「傑瑞」，我也就這樣稱呼他吧。他太太波莉是一位不可多得的好太太，身材嬌小微胖，有著黑髮和黑眼睛，以及總是充滿笑容的小巧嘴巴。他們的兒子十二歲了，長得很高，是個直率、好脾氣的年輕人；而小桃樂絲（他們都叫她「小桃莉」）雖然只有八歲，但是長得簡直跟她媽媽一模一樣。他們彼此相親相愛，是我這輩子見過最和樂融融的一家人。

傑瑞有一台馬車和兩匹馬，照顧馬匹的工作都由他親自負責。他的另一匹馬叫做「上尉」，是匹骨架又高又大的白馬，現在已經老了，但我想他年輕的時候一定很迷人。他現在還是會抬頭挺胸、展現出神氣的姿態。事實上，他是一匹血統高貴、儀態優雅的貴族老馬，渾身散發著不凡的氣息。他說他年輕的時候曾經參與過克里米亞戰爭，是騎兵團裡一位軍官的坐騎，負責帶領軍團。這個故事我會在後面多說一點。

隔天早上，當我被梳理好之後，波莉和小桃莉來前院跟我玩。哈利一早就在幫他爸爸，說我一定會是一個「可靠的傢伙」。波莉給我一片蘋果，小桃莉則是給我一片麵包，彷彿又回到從前還是「黑神駒」的日子。我很享受這種溫柔的對話和撫摸，也盡量

讓她們感受到我的友善。波莉認為我是匹英俊的馬，要不是因為膝蓋上的傷，拉出租馬車實在太大材小用。

「沒有人願意告訴我他到底發生了什麼事，」傑瑞說，「既然我不知道原因，那就先姑且一試吧。他是我騎過最穩定、動作最俐落的馬了。我們就叫他『傑克』，跟以前那匹馬一樣，妳覺得呢，波莉？」

「好啊，」她說，「我喜歡讓好名字繼續流傳下去。」

上尉整個上午都在外面拉車，哈利中午放學之後幫我加了水和食物，下午就輪到我了。傑瑞下了很多功夫確認我的馬軛和韁繩都有舒服的繫好，讓我差點以為他是以前的馬夫約翰。當他把束尾帶放鬆一、兩格之後，一切都沒問題了。沒有制韁、沒有那種我討厭的口銜，只有簡單的環形口銜，真是太幸福了！

經過小街道之後，我們來到昨天傑瑞道「晚安」的那個出租馬車站。這條大街的一側有高高的房子，一樓有很多漂亮的商店櫥窗；大街另一側有一間被鐵柵欄圍繞的老教堂和廣場，很多馬車沿著鐵柵欄停放、等待乘客上門。那邊的地上有一些乾草，有些男人站在一起聊天，有些則是坐在自己的馬車上看報紙，還有一、兩個人正拿乾草和水餵馬。我們停在那排馬車的最後面，有兩、三個人走過來看我，還評論了一番。

「挺適合在葬禮上拉車的。」其中一個人說。

「太好看了一點，」另一個人說，一邊意味深長的搖搖頭，「沒幾天你就會遇到麻煩了，不然我就不叫瓊斯。」

「啊，」傑瑞愉快的說，「我不去找麻煩，麻煩就不會來找我啦。這樣我的好日子豈不是可以長一點嗎？」

接著走來一位臉圓圓的男人，他穿著一件有白色鈕扣的灰大衣，後面連著一片灰披肩，他戴著灰帽子，脖子上鬆鬆的圍著一條藍色圍巾，他連頭髮都是灰色的。這個人看起來相當開朗，大家都為他讓路。他仔細打量我一番，彷彿是個對我有興趣的買家，接著他挺起胸膛、清了清喉嚨後說：「你需要的就是這種馬，傑瑞，不管你花了多少錢，都非常值得。」被他如此肯定，我的名聲就這樣在車站建立了起來。

這個人名叫葛蘭，但大家都叫他「灰葛蘭」或「葛蘭老爺」。他是這排馬夫當中做得最久的，也經常為大家排解糾紛，並且把這些事情當成自己的責任。整體來說，他是個幽默又明理的人，但如果他的心情不好，或是有時酒喝多了，就沒有人敢靠近他，以免被他的大拳頭伺候。

我在這裡拉車的第一個星期非常辛苦，因為倫敦對我來說很陌生，有好多噪音、好多馬跟馬車，還有匆忙的氣氛，常常得跟別人擠來擠去，讓我焦慮又苦惱。不過我很快

就發現傑瑞是個值得信賴的駕駛，所以就漸漸放心，也愈來愈習慣了。

傑瑞是個很棒的駕駛，更棒的是他關心馬就如同關心自己。他很快就了解到我是匹認真工作的馬，也從來不會鞭打我，除了出發時會用鞭子末端輕輕滑過我的脖子來提醒我。不過我從他拿起韁繩的方式就知道該出發了，所以他總是把鞭子掛在旁邊，很少拿在手裡。

一起工作之後，我跟主人很快就了解對方，建立起人和馬良好的信任關係。他在馬廄時也一樣，總是盡力照顧我們、讓我們過得舒服。這是一個舊式的馬廄，裡面有一部分是斜坡，但在圍欄後方有兩根可以活動的橫桿，所以當晚上我們要休息的時候，他就會解開牽馬索、立起橫桿，這樣我們就可以自由轉身，用任何我們喜歡的姿勢站著，真的非常貼心。

傑瑞把我們刷洗得很乾淨，也幫我們準備了很多種食物，份量都很充足。除此之外，他還經常幫我們補充很多乾淨的水，無論白天晚上都放在我們旁邊，除非我們汗流浹背的回家時，才會特地拿走。有些人認為不應該讓馬盡情的喝水，可是如果隨時都有水可以喝，我們就會在想喝的時候一次喝一點，這比口渴時等了半天都沒有人理會，接著一次灌下半桶水要好多了。有的馬夫會回家喝酒，並且讓我們好幾個小時內都只能吃乾乾的草和燕麥，沒有水可以喝；當他們提水來的時候，我們就很容易因為太渴而一次喝太多水，導致呼吸不順暢、胃也變得冷冰冰的。不過在這裡最棒的就是星期天可以休息，我們在其他幾天都很辛苦的工作，如果沒有一天可以休息，我還真拿不出力氣來繼續工作。而且，星期天也是我們可以好好跟彼此相處的時候，我的夥伴就會在這個時候跟我說他以前的故事。

34

老戰馬上尉

上尉從小就被訓練成一匹戰馬，他的第一個主人就是騎兵團的軍官，被派去參與克里米亞戰爭[2]。他說他很享受跟其他馬兒一起訓練的時光，他們會一起小跑步、同時轉彎、聽口令停下，還會在聽到軍官發出信號後全速衝刺。他年輕的時候是鐵灰色的，身上還有斑點，大家都認為他非常帥氣。他的主人是一位熱血沸騰的年輕人，非常喜歡上尉，從第一次見面就對他很好，並無微不至的照顧他。上尉原本以為身為一匹軍隊的馬可以過得很開心，但是當他搭船前往國外的時候，這個想法幾乎幻滅。

「那段經歷啊，」他說，「真是太可怕了！因為我們沒辦法自己走進海裡再跳上船，所以他們就拿了很粗的繩子綁在我們的肚子下面，再把我們吊起來，我們在空中不斷掙扎，然後越過海面，降落在那艘大船的甲板上。我們在船上住的是密不通風的

2譯注：一八五三～一八五六年在歐洲爆發的一場戰爭，是俄國、英國與法國為爭奪小亞細亞地區而開戰，戰場在黑海沿岸的克里米亞半島。

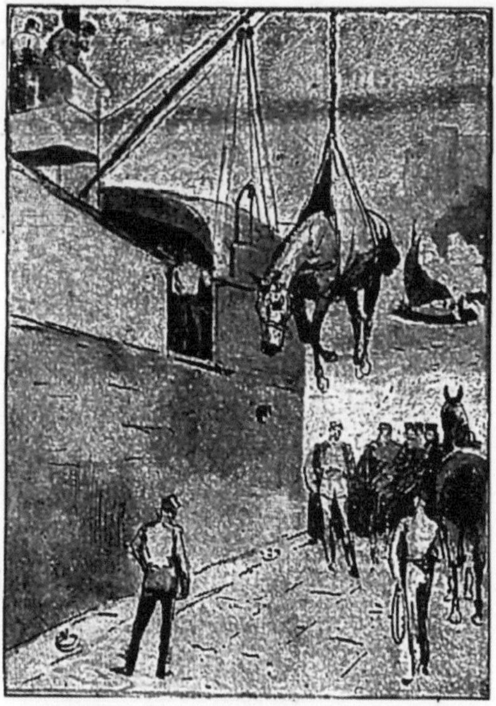

上尉說：「他們把我們吊起來，我們在空中不斷掙扎。」

小圍欄，有很長一段時間都看不到天空，也沒辦法活動筋骨。有時候船會在狂風中劇烈搖晃，我們就會撞來撞去，非常不舒服。

「不過，船最終還是靠岸了，我們也再次被吊回陸地。大家都很高興，踏上扎實的土地時，都發出了快樂的嘶鳴。

「我們很快就發現這個新地方很不一樣，除了打仗之外，還有很多痛苦要忍受，但很多人都很愛惜自己的馬，即使下雪、環境潮溼，很多物資不足，還是盡力照顧馬匹。」

「那打仗呢？」我說，「那不是最可怕的事嗎？」

「這倒不一定，」他說，「我們通常很喜歡聽到小喇叭發出的集合信號，也等不及要出發，但我們經常得站好幾個小時等待命令。當命令下達之後，我們就會興奮又急切的快速往前衝，完全不在意前方的大砲、刺刀和子彈。只要感覺得到騎士穩穩的坐在背上，還有他們穩定拉著韁繩的手，我們就一點也不害怕，連飛過身邊、碎成千萬片的炸彈也不在乎。

「我跟我英勇的主人曾經一起參與好幾次攻擊行動，都毫髮無傷的回來，雖然我看到好多馬兒被子彈射中、被長矛刺穿，有的還被可怕的軍刀劃了又深又長的傷口。雖然看到他們就這樣在戰場上被殺死，或是在痛苦中掙扎，我卻不會擔心自己，因為主人向軍隊喊話、令人振奮的聲音，總讓我覺得我們不可能會死。我完全信任我的主人，在他的引導之下，我隨時做好衝往砲口的準備。我看見很多英勇的人被殺死，很多人受了重傷從馬背上摔下來，也聽見他們死前的呼喊跟呻吟；我曾經跑在因為鮮血而變得溼滑的路上，還得閃避倒在地上的傷兵或馬匹，但是我從來沒有感到恐懼。直到某一天，那個讓我永生難忘的一天。」

老上尉在這裡停頓了一下，慢慢的深呼吸。我靜靜的等，等他繼續說：「一個秋天的早晨，騎兵團就跟平常一樣，在太陽升起前一個小時就開始準備，並幫我們披上戰袍，無論當天會不會出發，所有人都在我們身旁待命。天色愈來愈亮，軍官們似乎開始感到興奮，不久之後我們就聽到敵人的槍響。

「一位軍官騎馬過來，下令所有人騎上馬，大家便立刻跳上馬鞍，每匹馬都在等待騎士拉動韁繩，或是用膝蓋夾緊我們的肚子，氣氛充滿了力量與渴望。但因為我們都受過嚴格的訓練，除了咬緊口銜和偶爾甩頭，我們都安靜的等待。

「我與親愛的主人在前方帶領隊伍，當大家都靜止戒備的時候，他抓起一把我被弄亂的鬃毛、放回他習慣的那一側、用手梳順，然後拍拍我的脖子說：『我們今天得累一整天了，貝亞德，我美麗的馬。但我們一樣會全力奮戰。』那天早上他比平常更頻繁的撫摸我的脖子，靜靜的摸啊摸，好像在想些什麼事。我喜歡他摸我脖子的感覺，也喜歡他把我頭頂的鬃毛豎起來，讓我看起來神氣又有精神。但我動也不動的站著，因為我完全明白他的心情，我知道什麼時候該安靜，什麼時候該動。

「我沒辦法敘述那天發生的所有事情，就來跟你說說我們最後一次進攻吧。我們要在敵人的砲口下穿越一座山谷，我們已經很習慣轟隆隆的砲火聲和長槍的射擊聲了，即使有子彈擦身而過也不會感到驚訝，但是那天的砲火特別猛烈，我們承受了來自四面八方的子彈和砲彈碎片。有很多人倒下，也有很多匹馬倒下來、把騎士摔在地上，還有很多沒有騎士的馬兒脫離隊伍、瘋狂奔跑，可是又因為脫離隊伍而感到害怕，因為沒有人可以告訴他該往哪裡去，只好又努力擠進隊伍跟同伴一起奔跑進攻。

「雖然場面很可怕，但是沒有人停下腳步，也沒有人撤退。我們的隊伍不斷被削弱，只要有人被擊倒，我們就靠攏。接近敵人的砲口時，我們的步伐不但沒有畏縮，還愈來愈快。

「我的主人，親愛的主人，高高舉起他的右手鼓舞軍隊的士氣，這時有顆砲彈掠過

其他騎士很快的超越我們，我也被迫往前衝。

我的頭打中了他，他雖然沒有哀嚎，但我感覺到他的身體搖搖晃晃的。我試著減速，但他右手握的劍掉了下來，左手也鬆開了韁繩，他的身體往後沉，從馬鞍上掉到地上。其他騎士很快的超越我們，我也被迫往前衝。

「我想要待在主人身邊，不願把他丟在馬匹的亂步之下，可是沒有用，我一下子就失去了主人也失去了朋友，孤伶伶的置身在血腥的殺戮場上，讓我瞬間陷入恐懼，我從來沒有這樣顫抖過。接著，我就跟之前看到的其他馬一樣，試著回到隊伍裡一起奔跑，但我卻被士兵手上的劍擋了下來，這時有另一位士兵抓住了我的韁繩、跳上我的背，因為他的馬兒才剛倒下，所以我就載著這位新主人再度往前衝。可是這次我們英勇的軍團被打得很慘，那些逃過槍砲的士兵都奔回原本的陣地，有些馬兒傷得很嚴重，倒在自己的鮮血裡面，其他勇敢的馬則是用僅剩的三條腿把自己拖回去，有的兩隻後腿都已經被射傷，卻拚命想用前腳站起來。那場戰役之後，受傷的士兵被帶回去，戰死的則是被埋了起來。」

「那受傷的馬兒呢？」我說，「是不是被丟下來等死？」

「不，軍隊裡的獸醫帶著手槍把戰場上受重傷的馬都射死了，傷得比較輕的馬兒則是被帶回去照顧，但是那天早上出征的英勇馬匹，大部分都沒有回來，活著回來的大概只有四分之一。

「那天以後，我再也沒有見到我的主人了，我想他從馬鞍上掉下去時就已經死了，

飄洋過海只為了殺死敵人。

他是我最愛的主人。後來我又投入了很多場戰役，但只有受傷過一次，而且也不嚴重。戰爭結束之後，我平安的回到英國，身體還是跟以前一樣強壯。」

我說：「聽到別人聊起那場戰爭，我還以為一切都很順利。」

「啊！」他說，「那是因為他們沒有親眼見過戰爭吧，沒有敵人的時候當然一切都很順利，只有訓練、列隊前進和演習，當然很平靜。但是如果他們看見成千上萬的人和馬戰死在沙場上或終身殘廢，就不會這樣想了。」

「那你知道為什麼會開戰嗎？」我說。

「我不知道，」他說，「那不是一匹馬能了解的，但如果需要飄洋過海去殺死他們，那些敵人應該很壞吧。」

35 我的新主人傑瑞

我的新主人是全世界最棒的人，他很善良，也跟馬夫約翰一樣會捍衛正義。他脾氣溫和，經常開開心心的，也很少跟人吵架。他很喜歡編一些歌曲來唱，這是他非常喜歡的一首：

「來來來，爸爸媽媽，
哥哥姊姊弟弟妹妹，
來來來，大家一起，
相親相愛彼此幫忙。」

他們一家人也確實是這樣。兒子哈利非常熟悉馬廄的工作，比同年齡的孩子還要能幹，也很樂意付出。太太波莉和小女兒小桃莉會在早上的時候幫忙打理馬車、清理坐墊上的髒東西和刷洗玻璃，同時傑瑞會在院子幫我們刷洗，哈利則是清理馬具，這時候就會有很多歡笑，讓我跟上尉的心情都很愉悅，比聽到咒罵好太多了。他們都很早起，因

為傑瑞總會唱：

「若你在早上虛度時光，
整日裡用盡方法也無法找回它，
你會匆匆忙忙，
慌慌張張，
因為你已經失去它，
永遠失去它。」

傑瑞不喜歡遊手好閒、浪費時間，若他發現客人老是遲到，又要求馬車加速趕路，就會非常生氣。

有一天，有兩位看起來很隨便的年輕人從出租馬車站旁的小酒館走出來，對著傑瑞喊：「嘿，馬車仔！我們快來不及了，跑快一點，載我們去維多利亞站趕一點的火車吧，多付你一先令。」

「我只能用正常速度載你們，先生。我不會為了賺錢跑那麼快。」

賴瑞的馬車停在我們旁邊，他把車門打開後說：「我來載吧，先生，搭我的車，我的馬會好好載你們過去。」他們坐上馬車之後，賴瑞關上門，同時對傑瑞眨眨眼，並說，「讓馬兒快跑他可是會良心不安的。」然後鞭打自己已經顯露疲態的馬，用最快的速度出發。傑瑞拍拍我的脖子說：「不，傑克，我們才不要為那麼點錢讓自己冒險，對吧？」

雖然傑瑞堅決反對加快速度來滿足客人，也總是用正常的速度載客，但他其實並不反對跑快一點，只要有充分的理由就可以。

我記得有天早上，我們在車站等乘客上門，有個年輕人提著一個沉重的皮箱，還因為踩到橘子皮而重重的摔在人行道上。

傑瑞是第一個跑過去扶他的人，那個人被這一摔給嚇到了，當大家陪他走去商店的時候，他看起來好像受了傷。傑瑞走回來後大約十分鐘，一位店員向傑瑞呼喊，我們便拉馬車過去。

「你可以載我去東南車站嗎？」那個年輕人說，「剛才倒楣的摔了一跤，我恐怕要遲到了，可是我有很重要的事情，一定得趕上十二點的那班車，如果你可以及時把我送到，我會非常感謝，並付你額外的費用。」

「我會盡力的，」傑瑞熱情的說，「如果你的身體狀況還好的話，先生。」這個年輕人看起來臉色蒼白，非常不舒服。

「我一定得去，」他認真的說，「請幫我開門吧，別耽誤時間了。」

傑瑞很快就準備好，對我發出一聲出發的哨音，並用力扯了一下韁繩，我便了解了他的意思。

「就是現在，傑克。」他說，「快跑吧，讓他們看看我們的本領，這次我們有充足的理由。」

中午時刻要在倫敦趕路是很困難的，這時候的交通總是很繁忙，但我們全力以赴。當一位好駕駛配上一匹好馬，默契十足的齊心合作，總是能完成不可思議的任務。我的嘴巴非常健康，只要輕輕拉動韁繩就能讓我知道該往哪裡走，這在倫敦是很棒的事情，因為路上有各式各樣的馬車、公共馬車、貨車和大拖車，大家都擠在路上龜速前進。有些往左，有些往右；有的速度很慢，有的則想超車；而公共馬車每幾分鐘就要停下來載客，所以後面的馬兒也得停下來等，不然就得超過它。有時你想要超越公共馬車，但是突然有其他人從旁邊的縫隙鑽過，就得繼續停在公共馬車後面等待。當你又抓準一個超車機會，正想加速前進的時候，會發現輪子跟左右兩邊的車靠得好近好近，只差一公分的距離就會擦撞。你可能才順暢的跑了一小段路，很快又遇上一長串的貨車和馬車，又得停下來慢慢走。有時候馬路還可能會被障礙物堵住，就得等待好幾分鐘才能繞過它，或是等警察清除。所以你必須隨時做好準備，看到縫隙就要往前衝，還要像狗兒一樣機靈，抓準距離和時間，否則會把馬車的輪子撞壞，或是被其他馬車的拉桿戳傷。如果想要在中午時分快速的穿越倫敦街頭，這些都是你需要具備的技能，得多加練習才行。

不過，我跟傑瑞都很習慣了，只要是我們決心要走的路，誰都搶不過我們。我膽子大、速度快，也十分信任我的駕駛；傑瑞的速度也快，同時又很有耐心，而且非常信任我，這是一件很棒的事。他很少用鞭子，因為從他發出的哨音和拉扯韁繩的力度，我就知道什麼時候該加速，也知道該往哪個方向前進。噢，我得再回頭說說載那位客人的故事了。

那天街上非常擁擠，但我們一路都很順利，直到來到齊普賽街的盡頭。我們在那裡堵了三、四分鐘，那位年輕人探出頭來擔心的說：「我還是下車用走的好了，這樣等下去會來不及的。」

「我會盡我所能，先生，」傑瑞說，「我們應該可以及時抵達，這裡應該不會堵太久，況且你的行李實在太重了，先生。」

就在這個時候，前面的馬車開始動了，不久我們便順利轉彎，以最快的速度在馬車間穿梭。令人驚訝的是，倫敦橋上整串的馬車也都快速的前進，說不定都是要去趕那班火車呢！總之，當我們跟大家一起飛奔到火車站時，距離十二點還有八分鐘。

「謝天謝地！我們趕上了，」年輕人說，「也謝謝你，還有你的馬。你幫我省下的時間簡直是有錢也買不到的。請收下這半克朗[3]的小費吧。」

「不，先生，我不能收，謝謝你的好意，很高興我們及時抵達。火車鈴聲響了，請趕快出發吧。服務人員！請幫這位先生提行李，他要搭多佛線十二點的火車，再會了。」傑瑞沒等他回答，就趕緊帶我離開，好讓下一輛十萬火急的馬車進來，然後停在一旁等待人潮散去。

「好開心啊！」他說，「真是開心！可憐的年輕人，不知道是什麼事情讓他這麼擔心。」

我們在外面的時候，傑瑞自言自語的聲音總是很大，所以我都聽得到。

當我們回到出租車隊伍的時候，大家都笑傑瑞竟然為了多賺點錢而加速趕火車，違背了他自己的原則，他們想知道這趟他到底賺了多少。

「比我平常賺的多很多啊！」他俏皮的點點頭說。「可以讓我開心好幾天呢！」

「胡扯！」有個人說。

「真是個騙子，」另一個人說，「平常都對我們說教，結果自己還不是一樣。」

「聽我說啊，老兄，」傑瑞說，「那位先生要多給我半克朗，但我沒有收。能看到他趕上火車開心的樣子就很值得了，就算我跟傑克決定現在開始跑快車，那也是我們的事，跟你無關。」

「哈，」賴瑞說，「你永遠賺不了大錢的。」

「大概吧，」傑瑞說，「但我應該不會因為賺不了大錢而不快樂。我聽很多人唸過《十誡》[4]，但從來沒有聽說過裡面寫著『你必須賺大錢』。《聖經》裡也有很多奇怪

3譯注：英國幣制改革前的幣值，一克朗等於五先令。

的有錢人，我才不想變得跟他們一樣。」

「如果哪天你賺大錢了，」葛蘭老爺坐在馬車上，轉頭看著我們說，「那也是你應得的，傑瑞，這種財富不會為你帶來厄運。至於你嘛，賴瑞，你這輩子都賺不了大錢，因為你太常鞭打馬兒了。」

我的新主人傑瑞。

「喔，」賴瑞說，「不然該怎麼辦？不打他就不跑啊。」

「你從來沒有試著讓他自己跑啊，你總是在揮鞭子，好像控制不了自己的手臂，就算你的手不痠，馬兒也會累啊。你知道為什麼你需要經常換馬匹嗎？因為他們總是不得安寧，你也吝於鼓勵他們。」

「大概是我沒遇上什麼好馬吧，」賴瑞說，「應該是這個原因。」

「你當然遇不上，」葛蘭老爺說，「好馬是會挑主人的，他們喜歡找懂馬又心腸好的人，至少我的經驗是這樣。」

葛蘭老爺轉頭繼續看報紙，大家也朝各自的馬車走回去。

4譯注：猶太先知摩西所頒布的律法中首要十條規定。

36 假日馬車

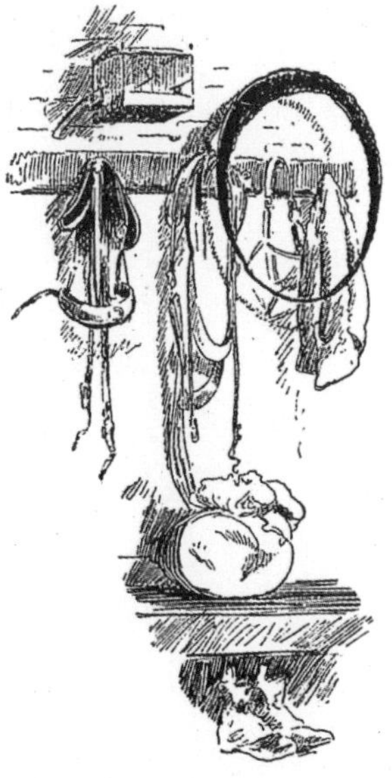

某天早上，當我在馬車前就定位，傑瑞正在繫緊繩子的時候，有位男士走了過來。

「歡迎搭乘，先生。」傑瑞說。

「早安，傑瑞，」那位男士說，「我想跟你預約固定的行程，每星期天早上載布瑞格太太到教堂。我們現在都去比較遠的紐教堂，所以她沒辦法用走的，如果你願意載她就太好了。」

「謝謝您，先生，」傑瑞說，「但我的馬車執照一週只能跑六天，沒辦法在星期天載客人，這樣不合法。」

「喔！」那位先生說，「原來如此，但更改執照應該很容易吧，你也不會有什麼損失。而且，布瑞格太太非常希望你可以載她。」

「如果可以，我會非常樂意答應這個請求，先生，但我曾經一週載客七天，這樣工作實在太累了，我的馬也很累。年復一年的跑，一天都沒有休息，星期天也不能陪伴太太跟小孩，當然也無法像以前還沒駕駛出租馬車時一樣維持去教堂的習慣。所以從五年前開始，我便一週只工作六天，我認為這是一個很好的決定。」

「那是當然，」布瑞格先生回答，「每個人都需要時間休息，也需要上教堂，但也許你不介意讓馬兒跑一小段路？只跑一趟就好，下午和晚上的時間都是你的。你也知道，我們是很好的客人。」

「是的，先生，您們真的是非常好的客人，我十分感激您們的照顧。若有什麼能幫上您跟夫人的地方，我都很樂意去做，但我還是無法挪出星期天的時間，先生，真的沒辦法。上帝創造了人跟馬，還有很多動物，接著祂也留了一天休息，並要祂所創造的生命在一週七天裡都休息一天，我想一定是因為祂知道怎樣對我們是最好的，所以我也認為這對我是最好的。每週休息一天之後，我比以前更健康強壯，馬兒也一樣，不會很快就耗盡體力，那些一週工作六天的馬車駕駛也都這麼跟我說。我存了比以前更多的錢，太太跟孩子也都興高采烈，他們都記得以前的日子，不想再回到從前那樣。」

「那好吧，」男士說，「我就不為難你了，傑瑞，我會去問問別人的。」

「哎呀，」傑瑞對我說，「這也是沒辦法的，傑克，我的老傢伙。我們一定要有自己的星期天。」

「波莉！」他大喊，「波莉！妳來一下。」

她馬上走了過來。

星期天的休假日。

「什麼事啊，傑瑞？」

「噢，親愛的，布瑞格先生希望我每個星期天都載布瑞格太太去教堂，我說我的執照是六天的，他說：『那就換成七天的執照吧，我不會虧待你的。』他們是很好的客人啊，波莉，布瑞格太太經常出門逛街購物和拜訪朋友，一去就是好幾個小時，她都會支付合理的費用，是位大方的女士，從來不殺價，也不像某些人會把三小時的費用算成兩個半小時的費用。對馬兒來說，載她也很輕鬆，她也不會遲到十五分鐘後要求我們快馬加鞭的趕火車。如果我不答應她的請求，很有可能會一次失去兩位客人。妳說，我該怎麼辦才好呢？」

「我說啊，傑瑞，」她緩緩的說，「即使布瑞格太太每個星期天早上都會付你一筆錢，我也不希望你一週七天都在工作。我們都經歷過沒有星期天的日子，也知道這一天的可貴，感謝上帝讓你有足夠的收入能照顧我們一家，即使有時候養馬的花費、執照和房租會花掉大部分的錢，但哈利很快就會開始賺錢了，如果你又像以前那樣辛苦，連跟孩子好好相處的時間都沒有，那我的內心會更痛苦的，我們也不能一起去做禮拜，或是擁有平靜美好的一天。上帝不會讓我們再過那種日子的，這就是我的想法，傑瑞。」

「我也是這麼跟布瑞格先生說的，親愛的，」傑瑞說，「我打算堅持下去。別苦惱了，波莉。」這時波莉已經哭了起來，「就算給我兩倍的錢，我也不會再回去過那種日子，就這樣決定了。開心點吧，我要準備去車站了。」

接下來的三個星期，布瑞格太太都沒有再來搭我們的車，所以我們只能不斷從車行載客。傑瑞非常在意這件事，因為我們得更努力工作，但是波莉總是會安慰他說：

「別擔心，孩子的爸，別擔心，
盡你所能，
其他的交給神，
在某個白天或夜晚，
一切都會好轉。」

後來大家都知道傑瑞失去了他最好的客人，也知道其中的緣由。大部分的人都覺得他很傻，但還是有兩、三個人表示贊同。

「如果勞工不堅持星期天休假，」楚門說，「很快就會連星期天都沒有了。這是每個人跟每匹馬的權益啊！上帝規定我們要休息一天，國家也這樣規定，我們應該要好好把握這些權益，並且傳承給我們的孩子。」

「你們這些信上帝的傢伙說得真好聽，」賴瑞說，「但我可不會放過任何賺錢的機會。我完全不相信上帝，因為我不覺得你們這些有信仰的人生活過得更好。」

「生活並沒有比較好，」傑瑞說，「是因為他並不是真心信奉上帝。難道有人不遵守法律，就代表這個國家的法律不好嗎？如果有個人喜歡亂發脾氣、對鄰居口出惡言，也不願意償還借款，就算他經常去教堂，也不是真心信奉上帝。因為再怎麼虛假的人也無法改變真理。真正的信仰是世界上最真的道理，也是能讓一個人快樂、讓世界變得更好的東西。」

「如果信仰真有這麼好，」瓊斯說，「那些有信仰的人就不應該要求我們在星期天工作啊，很多人都這樣，不是嗎？所以我認為信仰是虛假的。要不是為了那些上教堂的人，我們才不願意在星期天工作呢。這些人上教堂得到了所謂的恩典，我卻沒有。既然我沒辦法得到恩典、無法拯救自己的靈魂，就只能靠他們為我祈禱了。」

有幾個人開始鼓掌為這番話表示贊同，直到傑瑞說：「這聽起來似乎有道理，但還是行不通。因為每個人都要為自己負責，你不能把這件事視為別人的責任，期待他們會好好照顧你。」

「如果那些信上帝的『好人』因為我們不願意載他，而沒辦法去他們喜歡的教堂呢？」賴瑞說。

「這不是我能幫他們決定的，」傑瑞說，「如果他們無法走那麼遠，可以選擇去近一點的教堂；如果下雨，可以穿上雨衣。如果是對的事情就會達成，如果是不對的就會失敗。不管是上教堂的人還是馬車駕駛，只要是人，總會找到方法的。」

37

傑瑞的原則與善良的心

兩、三個星期之後，有一天我們很晚才回到家，波莉提著燈跑過馬路（如果雨下得不大，她總是會為傑瑞拿燈）。

「有好消息了，傑瑞。今天下午，布瑞格太太的僕人來請你明天早上十一點載她出門，我說：『好，應該沒問題，但我們以為她現在都搭別人的車了。』然後他說：『傑瑞拒絕星期天載客的時候，主人其實有點生氣，也去找了其他出租馬車，但是搭乘的經驗都不太愉快。有的跑太快，有的跑太慢，女主人也說只有你們家的馬車最乾淨，除了傑瑞的馬車，其他的她都不想搭。』」

波莉說得上氣不接下氣，傑瑞則是開懷的大笑。

「『在某個白天或夜晚，一切都會好轉』，被妳說中了，親愛的，妳總是對的。快進去吃晚餐吧，我要把傑克身上的東西拿下來，趕快讓他舒服又快樂的窩著。」

在那之後，布瑞格太太就跟以前一樣經常搭傑瑞的車，但絕不會在星期天找他。不過，我們還是在某一個星期天出去載客了，讓我來說說這個故事。

我們在某個星期六晚上疲累的回到家，很高興隔天就可以休息了，只不過這次無法如願。

星期天早上，傑瑞在院子幫我刷洗，這時波莉走了過來，似乎發生了什麼事。

「怎麼啦？」傑瑞說。

「喔，親愛的，可憐的狄娜收到一封信說她媽媽病得非常嚴重，如果她想要見她最後一面，現在就得馬上出發。她媽媽住在一個鄉下地方，離這裡有十六公里遠，如果搭火車去，她還得再走六公里的路，可是她身體虛弱，還帶著一個四週大的嬰兒，根本不可能做到。所以她想問你能不能載她，並且保證會付你應得的工資。」

「哎呀，我們來想想該怎麼辦。我在意的不是車資，而是我們損失的星期天。馬兒累了，我也累了，這才是問題。」

「這對我們來說的確很為難，」波莉說，「沒有你的星期天就不一樣了。但我們應該將心比心，如果病危的是我的母親，我也會一樣慌張，到處請人幫忙的。傑瑞，親愛的，《聖經》裡說，在安息日拯救掉進洞裡的驢子是可以的，因為那是善事，所以我相信載她這一趟也不會讓我們的安息日泡湯的。」

「哇，波莉，妳的心地真善良，就像牧師一樣，我想我已經聽完今天的布道了，請妳告訴狄娜我會在十點出發，等等——記得幫我到肉販布雷登家問候一下，問問他能不能把輕便馬車借給我，我知道星期天他用不到，這對馬兒來說會輕很多。」

於是波莉便離開了。她一下子就回來，說布雷登很願意讓傑瑞借用他的輕便馬車。

「好，」傑瑞說，「幫我準備一點麵包和起司，我會盡快在下午回到家的。」

「那我會烤好肉派當作下午茶。」波莉說完便轉身離去，傑瑞一邊準備出發，一邊哼著〈波莉永遠是對的〉的曲調，這是他很喜愛的一首歌。

這趟旅程由我來拉車，我們在十點鐘出發，拉著一輛很輕的大輪子馬車。跟平常的四輪載客馬車比起來，它真是輕得不得了。

這是個美好的五月天，我們出城之後就聞到了甜美的空氣，還有陣陣的青草香。柔軟的鄉間小路就跟我記憶裡的一樣，我很快就開始感到神清氣爽。

狄娜的家人住在一間小農舍裡，我們從一條綠意盎然的小徑抵達；這附近有塊草原，草原上面有美麗的樹陰，有兩頭牛在那裡吃草。有位年輕人請傑瑞把馬車停在草原上，並讓我在牛棚裡休息，還說可惜這裡沒有馬廄。

「如果不會打擾到你的牛，」傑瑞說，「我想他會很高興可以在美麗的草原上休息。我的馬很安靜，這對他來說會是個難得的享受。」

「那當然沒問題，」年輕人說，「為了感謝你載我姊姊過來，請盡量享受這裡的一切。雖然因為媽媽生病，我們的心情都有點低落，但還是想邀請你待會兒跟我們一起共進午餐。」

傑瑞親切的謝謝他，但說他有自己準備午餐，並且想在草原上走走。

當傑瑞卸下我的馬具之後，我突然有點不知道該怎麼辦才好，我應該要先吃草呢，

我開心的躺在地上打滾。

還是要先在地上打滾？我要躺下休息，還是在草原上盡情奔馳一番？最後我當然是好好把握機會，一個都沒放過。傑瑞似乎也跟我一樣高興，他坐在河堤邊的樹陰下聽小鳥唱歌，然後自己也唱起歌來，還拿出那本他最喜愛的咖啡色小書唸了一段，接著漫步在草原上，又在河邊停下腳步，摘了幾朵花，再用藤蔓將它們束起來。我吃了很多他從家裡帶來的燕麥，這段草原時光好像過得特別快，自從跟可憐的辣薑在伯爵莊園分開後，我就再也沒有踏上草原了。

回家的路上十分平靜，當我們走進院子，傑瑞的第一句話就是：「喔，波莉，這個星期天似乎沒有泡湯呢，我聽見小鳥在灌木叢裡唱聖歌，我就跟著他們一起唱，而傑克呢，他像匹小馬一樣玩得好開心啊！」

當他把花送給小桃莉時，她還高興得跳了起來。

38 小桃莉與真正的紳士

這個冬天來得有點早，天氣已經連續好幾週變得又溼又冷，幾乎每天都會下雪或冰霰，不時還會有厚厚的霜和足以吹動馬車的強風。馬兒對這樣的天氣很敏感，如果是乾燥的冷天，幾條厚毯子就能讓我們感到溫暖，可是雨天的溼氣卻會讓毯子變得一點也不舒服。有些駕駛會為馬兒蓋上防水布，這還不錯，但是有些人比較窮困，沒辦法好好保護自己跟馬匹，就會在冬天吃很多苦頭。像我們這種工作半天的馬，沒工作時就能待在乾爽的馬廄休息，但是有些馬兒就沒有那麼幸運了，若是遇到參加派對的客人，有時候還得在外頭等到凌晨一、兩點。

對我們來說，最糟的事就是遇到下雪或是結霜的溼滑路面了。在這種路上走兩公里，比平常走八公里的路還要累，因為踩著不穩的腳步拉車，就得繃緊全身的神經和肌肉才能保持平衡。除此之外，擔心摔倒才是最讓我們感到疲累的。路況不好時，馬蹄鐵就容易出問題，但在那之前，我們就已經開始緊張了。

天氣不好的時候，很多人會跑去附近的小酒館取暖，再請人幫忙留意是否有客人要搭車，但是這樣通常會失去一些載客機會，而且傑瑞說，這樣也免不了要多花點錢。傑

瑞從來不去那間「日出酒館」，但有時候會去附近的咖啡店，或是當一位老先生來馬車隊伍中賣熱咖啡跟派的時候，再跟他購買。傑瑞認為喝完烈酒或啤酒之後身體會變冷，而讓馬車駕駛感到溫暖的最好方法，就是乾爽的衣服、美味的食物和愉悅的心情，以及家裡溫暖的太太。當他沒辦法回家吃飯的時候，波莉總是會幫他準備食物帶在身上。傑瑞有時會發現小桃莉跑到路口偷看他，如果看見爸爸在隊伍當中，就會衝回家拿一點波莉準備的熱湯或布丁，用罐子或籃子帶過來。這個小女孩能夠安全穿越馬路真是不可思議，因為這裡總是擠滿了馬兒和馬車，但她是個勇敢的小傢伙，對於自己能「幫爸爸送上今天的第一道菜」感到很光榮。這裡的駕駛都很喜歡小桃莉，如果傑瑞在忙，也會幫忙看著她過馬路。

在某個吹著冷風的日子，小桃莉幫傑瑞帶了一碗熱呼呼的食物，並且當他吃東西時，陪在一旁。當傑瑞正要開始吃的時候，有位先生撐著傘快步朝我們走了過來，傑瑞便摸摸帽子對他致意，並把食物交給小桃莉、把我身上的布給取下來。但那位男士連忙大聲說：「不，不，把你的湯喝完吧，朋友。雖然我沒有很多時間，但也足夠等你喝完湯和安頓好孩子。」說完，他便坐進了馬車。傑瑞向他道謝，然後走回小桃莉身邊。

「妳看，小桃莉，那是位紳士呢，是一位真正的紳士。他不慌不忙，還會關心馬車駕駛跟他的小女兒喔！」

傑瑞把湯喝完，讓小桃莉回去之後，便依照乘客的指示駕車到克萊芬坡。後來，那位先生又搭了幾次傑瑞的車，我想他應該是個很喜歡狗和馬的人，因為每次我們載他回家時，都會有兩、三隻狗跑過來迎接他。有時候他會走過來拍拍我，用愉悅的口吻輕聲說：「你有位好主人呢，這也是你應得的。」很少有乘客會去注意幫他拉車的馬兒，我曾經遇過一些會關心馬兒的女士，除了這位男士之外，也有一、兩個男士會拍拍我，並說些友善的話；但是與其關心我，百分之九十九的人更關心火車引擎。

那位男士並不年輕，而且肩膀總是朝內縮起，好像隨時都有很要緊的事情要辦。他很少說話，不過薄薄的嘴唇有時也會露出開心的笑容；而他的眼神充滿熱情，下巴的模樣和某些姿勢總是散發著堅定的態度。他說話的語氣親切又愉悅，是一種會讓馬兒感到很放心的聲音，就跟他整個人一樣，帶著十足的信心。

有一天，他跟另一位男士一起搭車，半路上停在一間商店前面，他的朋友走進店裡，他則是站在門口等。我們對面的馬路有兩匹健壯的馬拉著一輛貨車停在一間酒窖門口，當時馬夫並不在車上，我也不確定那兩匹馬等了多久，但他們似乎認為已經夠久了，所以就開始前進。這時，馬夫跑出來阻止那兩匹馬，似乎對他們感到非常生氣，毫不留情的用鞭子和韁繩痛打他們，甚至往頭上打。我們的紳士一看到便快步走過去，用堅定的語氣說：「如果你不馬上住手，就會因為沒有看好馬匹和虐待他們被逮捕。」

那位馬夫顯然喝了很多酒，便開始粗暴的對他咆哮，但還是住手了，並拉起韁繩準備上車。同時，這位紳士悄悄從口袋中拿出了小記事本，看了看印在貨車上的姓名和地址，然後在記事本上寫下一些字。

「你想要做什麼？」馬夫咆哮，一邊揮鞭要馬兒趕快離開，而紳士只是面帶微笑的看著他，作為回應。

紳士走回出租車，他的朋友笑著說：「你就是這樣，萊特，你不但對自己的事情盡心盡力，還很關心別人怎麼對待他們的馬兒和僕人呢。」

紳士停下腳步，回頭對他的朋友說：「你知道這個世界為什麼這麼糟嗎？」

「不知道。」他朋友回答。

「讓我來告訴你，是因為大家都對彼此漠不關心，不想要幫被欺壓的人站出來討公道，也不想揭發做壞事的人。每次看見這種事情，我都會盡我所能去幫忙，很多馬匹的主人都很感謝我讓他們知道他人是怎麼對待自己的馬兒。」

「真希望像你這樣的紳士能夠多一點，先生，」傑瑞說，「這個城市真的非常需要。」

之後，我們繼續載他們前往目的地。他們下車時，紳士說：「當我們有能力阻止眼前的惡劣行為卻什麼也不做的時候，就成了他們的共犯。這就是我所奉行的原則。」

39 破衣山姆的故事

老實說，身為一匹拉出租馬車的馬匹，我其實過得很不錯。駕駛就是我的主人，他非常照顧我，不會讓我過度工作，他對自己可能都沒有這麼好。但是很多馬兒的主人是馬車行老闆，擁有很多馬車，並把他們出租給駕駛，每天收取很高的費用。由於這些駕駛並不是馬兒的主人，他們便會想盡辦法利用馬兒賺錢，因為他們不僅要繳錢給馬車行老闆，也需要錢過生活，所以很多馬兒都因此過得很痛苦。我並不是很了解，但是出租馬車站的人經常討論這件事，心地善良又疼馬兒的葛蘭老爺若是看到有馬被虐待或是疲累不堪，都會站出來說話。

有一天，一位衣著破舊，被大家稱做「破衣山姆」的駕駛駕車回來，他的馬兒看起來被打得很慘，葛蘭老爺就說：「你跟你的馬怎麼會來這裡呢？應該去警察局才對。」

那個人為他的馬蓋上一條破毯子，轉身用絕望的聲音對葛蘭老爺說：「如果警察要管，應該先管管跟我們收很多錢的馬車行老闆，或是管管為什麼車資這麼低廉。一個人一天就要為馬車和兩匹馬支付十八先令的租金，且每三個月繳一次，也就是說，在我們把自己餵飽之前就得先繳錢，這簡直比壓榨還可怕。付了九先令之後才能租到一匹

破衣山姆。

馬幫你拉車賺錢，如果馬兒不工作，我們就得挨餓，我跟孩子就是這樣，我有六個小孩，只有一個能工作賺錢，我每天要駕車十四到十六個小時，這幾個月來都沒有好好的在星期天休假，你也知道，史金納連一天的錢也不會少算的，沒有人比我工作得更辛苦！我想要一件溫暖的大衣和雨衣，但是我有這麼多小孩要養，這個願望什麼時候才能實現呢？一個星期前，為了繳錢給史金納，我把時鐘拿去當了，大概再也拿不回來。」

幾位駕駛圍著他點點頭，認為他說得沒錯，他也繼續說：「擁有自己的馬兒，或是遇到好老闆，就有機會順利賺錢，可是我沒有。如果載客距離在六公里以內，跑了一公里之後，每公里的路程規定不能收超過六便士的費用。今天早上我就載客人跑了十公里，只賺到三先令，回程時我也沒有載到其他客人，只能空著車一路跑回來，所以馬兒跑了二十公里，而我只得到三先令。接著我跑了一趟五公里的路，那位客人有很多行李，依照車外多掛一件行李要付兩便士的價錢，我本來可以多賺一些的，但是你也知道乘客會怎麼做，他把東西都往前座塞，最後才把三個沉重的行李箱放在車頂，所以我只收了六便士的行李費，再加上一‧五先令的車資。在那之後，回程我載了一位客人，得到一先令。所以加起來總共是三十公里的路，換得六先令，也就是說，這匹馬還得再為我賺三先令，下午那匹也要賺九先令，我才有足夠的錢繳給史金納，而我自己卻是一毛錢都沒賺到。當然啦，事情也不是一直這麼不順，但這的確經常發生。叫我不要讓馬匹過勞簡直是在說笑，一匹累壞的馬只有鞭子能讓他跑起來了。我能怎麼辦？妻子跟小孩還是比馬兒重要吧，照顧馬匹是馬車行老闆該做的事，不是我們的事。我也不是真心想要虐待馬匹，不應該被這樣指責。總之，這些事情搞得我不能休息，也不能跟家人一起度過星期天，這裡面一定有問題。我才四十五歲，但卻覺得自己活像個老頭了。你知道嗎，有些上流社會的人會懷疑我們不誠實，或是故意哄抬價錢，他們拿著皮包站在那裡計較小錢，卻把我們當扒手看，我真希望他們能嘗嘗坐在駕駛座十六個小時，把每天賺的錢先扣掉十八先令，就算颳風下雨也得在外面跑的滋味，這樣他們就不會對車資斤斤計較或亂塞行李了。當然，有時候客人也會大方的給小費，否則我們根本無法生存，但是總不能靠這個過活啊。」

大家都十分認同他的話，其中一個人說：「這種日子真的很辛苦，所以有時候難免會犯錯。若是多喝幾杯酒，誰又忍心責罵呢？」

傑瑞並沒有加入這場對話，但是他的表情從來沒有這麼哀傷過。葛蘭老爺原本將兩隻手插在口袋，現在也拿出帽子裡的手帕擦擦額頭。

「我無話可說了，山姆，」他說，「因為你說的都是事實，我不會再說那些有關警察的話來讓你難堪了，我只是看到那匹馬的眼神覺得很難過。這對人和馬兒來說都很不幸，我也不知道誰該負責改善。不過，或許你可以跟馬兒說『讓他這麼辛苦，你也很抱歉』，有時候我們能給的也只有安慰了，可憐的動物，他們會理解的。」

幾天後的早晨，有個人駕著山姆的馬車來到車站。

「嘿！」某個人問，「破衣山姆怎麼啦？」

「他病倒了，」那個人說，「他昨天晚上倒在院子裡，連家門都爬不進去。今天早上他太太就請兒子來通知我們破衣山姆發了高燒，沒辦法出門工作，所以我就代替他來了。」

隔天早上，那個人又出現了。

「山姆還好嗎？」葛蘭老爺問他。

「他走了。」他回答。

「什麼？走了？是他死了的意思嗎？」

「沒錯，」他說，「他在凌晨四點的時候過世了，昨天他還在大罵史金納，抱怨沒辦法好好過星期天。『我從來沒在星期天休息過』就是他最後的遺言。」

大家都沉默了，然後葛蘭老爺說：「各位，我們得引以為戒。」

40 可憐的辣薑

有一天，某個公園舉辦了音樂會，我們便跟大家一起在外面等待客人，這時，有輛破舊的馬車在我們旁邊停了下來。拉車的是一匹已經累壞的栗子色老馬，身上的皮毛看起來很不健康，骨頭清楚易見、膝蓋有點變形，前腳也很不穩。當時我正在吃乾草，有些草被風吹了過去，那個可憐的傢伙就伸出又瘦又長的脖子吃了起來，並轉頭想要找更多乾草來吃。她無神的雙眼透露著絕望，讓我很難不去注意到她。就在我覺得她有點眼熟時，她認真的看著我說：「黑神駒，是你嗎？」

是辣薑！但是她怎麼變成這副模樣了！以前她的脖子姿態優雅又有光澤，現在卻又瘦又僵直，還往內縮；乾淨筆直的腿和細緻的關節也腫了起來。她的膝蓋因為粗重的工作而變形，曾經富有生命力的臉龐如今只剩下痛苦。從她呼吸時肚子起伏的樣子和頻繁的咳嗽看來，她一定連呼吸都很辛苦。

駕駛們離我們有一段距離，所以我悄悄靠近她一、兩步，這樣才能跟她說點話。她的經歷非常令人難過。

伯爵莊園的人把她放養了十二個月之後，認為她可以繼續拉車了，便把她賣給一位

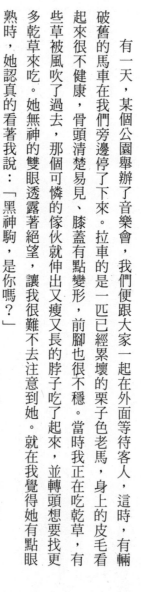

男士。剛開始她適應得還不錯，但是有一次奔馳了一段特別長的路之後，她的舊傷復發了，經過休息和治療，她又被賣掉了。就這樣，她陸續被買賣了幾次，健康狀況則是愈來愈差。

「後來，」她說，「我被一個人買下，他有很多馬和馬車，並出租給別人。你看起來過得很好，我很高興，但我的命運簡直難以形容。當他們發現我的傷之後就認為我值不了那麼多錢，因此讓我去拉低階的馬車，直到拉不動為止。他們的做法就是不斷鞭打我，要我拉車，沒有人在意我承受了什麼。他們說既然在我身上花了錢，就要把它賺回來。租下我的駕駛每天都要繳錢給我的主人，所以也要從我身上賺錢，於是我就不停的拉車，星期天也不能休息。」

我說：「以前妳被欺負的時候，不是都會反抗嗎？」

「啊，」她說，「我反抗過一次，但是一點用也沒有。人類是最強大的，當他們冷酷無情時，不管我們做什麼都沒有用，只能忍受，在死前就只能忍受。我希望這一切趕快結束，我希望自己趕快死掉。我看過死掉的馬匹，我想他們一定不再感到痛苦了。希望我可以工作到一半就倒地死去，也希望不會被送到動物屍體處理廠。」

我既擔心又難過，便把鼻子湊向她，但是一點安慰的話都說不出來。我想她應該很高興見到我，因為她說：「你是我這輩子唯一的朋友。」

接著，她的駕駛走了過來、用力把她拖出隊伍。他們離開了，留下傷心難過的我。

➜那匹馬的頭垂在車尾。

不久之後，我看見一輛運送馬匹屍體的貨車經過我們的馬車站。那匹馬的頭垂在車尾，鮮血從那沒有生命的舌頭滴落下來，一對眼睛已經凹陷。我無法形容，那個場景實在太可怕、太可怕了。那是一匹栗子色的馬，脖子又瘦又長。那匹馬的頭上有一道白色的紋路，我想那應該就是辣薑，我也希望是她，這樣她的苦難就結束了。噢，真希望人類可以仁慈一點，在我們變得這麼悲慘之前就把我們一槍射死。

41 送貨員與肉販的馬兒

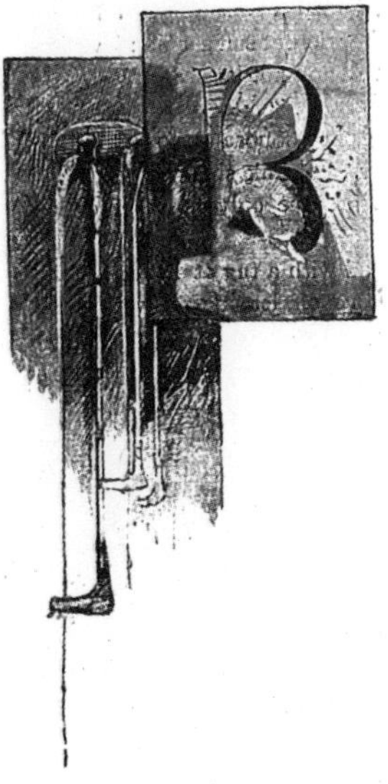

我在倫敦看到很多不幸的馬兒，如果大家有更多照顧馬匹的常識，很多問題就不會發生了，受到妥善照顧的馬兒其實並不介意努力工作。我也相信，很多窮人的馬都過得比我在伯爵莊園幫伯爵夫人拉車時還要快樂，那時我的馬具還鑲著銀，伙食也很棒呢。

我總是很在意別人對待小型馬的方式，有些人會讓他們拖著沉重的貨物，有的則是被小男孩無情痛打。有一次我看見一匹灰色小型馬，他的鬃毛濃密，長得很漂亮，實在像極了歡樂腿，要不是我帶著馬具在工作，我一定會叫他。當時他拉著一台很重的拖車，一個強壯又粗魯的小男孩正在用鞭子鞭打他的肚子，同時用力的拉扯他的嘴巴。他會不會是歡樂腿呢？長得好像啊，可是布隆菲德牧師答應不會賣掉他的，我想他應該會遵守承諾。這匹馬看起來應該和歡樂腿一樣好相處，小時候也待過好地方。

我也常常注意到肉販都會讓馬跑得很快，我本來不知道原因，直到有一天我們在聖約翰伍德區等人。那時候我們站在一間肉鋪旁邊，肉鋪的貨車急速衝了過來，拉車的馬汗流浹背、垂著頭，顯得很疲累，喘息的肚子和顫抖的腿透露著駕駛對他並不好。駕車的小伙子跳了下來、拿起貨車上的籃子，這時候肉鋪老闆不太高興的從店裡走出來，看了馬兒之後生氣的罵：「告訴你多少次了，不要這樣駕車！上一匹馬已經被你操壞，連呼吸都有問題，現在你又用同樣的方式對這匹馬，要不是你是我兒子，我立刻就解僱你。把一匹馬弄成這樣真是丟臉，這樣駕車，警察可以把你帶走的，如果哪天你真的進了警察局，可別指望我會把你保釋出來，我已經懶得再提醒你了，你自己要注意。」

那個孩子不情願的站著聽他說話，等他爸爸一講完，便憤怒的說那不是他的問題，不應該被責怪，他只不過是照著顧客的意思去做而已。

「你總是說：『快一點！機靈點！』我去送貨的時候，一位顧客的羊腿需要提早送到，所以我得在十五分鐘之內拿給他，還有一位廚師忘記訂牛肉，我也得馬上幫他送去，不然他就會被女主人罵；管家又說有客人突然拜訪，需要排骨；住在新月街四號的小姐，每次都是中午的時候才訂晚上要用的肉，所以我得一直趕趕趕，不停的趕。如果這些高貴的客人可以先想想要吃什麼，在前一天訂好，我就不需要揮鞭子了！」

「但願如此，」肉鋪老闆說，「這樣就可以省去很多麻煩，我也可以為客人提供更好的服務。但是——唉，說這些有什麼用呢？誰會為肉販或是他的馬著想呢？把他帶進去吧，好好照顧他。記得，今天不要再讓他拉車了，如果還要送貨，你只能自己去了。」老闆說完便走進店裡，那匹馬也跟著男孩離開了。

不過，並不是每個男孩都那麼殘忍。我也見過一些孩子把小馬和驢子當成最喜歡的狗一樣疼愛，那些動物都很願意，也很開心的為這些小主人工作，就像我跟傑瑞。雖然有時候工作很累，但是主人對我們的關心就像朋友，總是能讓我們感到安慰。

街上有個賣菜的小男孩，他有一匹年老的小型馬，雖然長得不是非常漂亮，但卻是我見過最開朗又勇敢的小型馬，每次看見他們親密的互動，我就會感到很開心。那匹馬隨時緊跟著他的小主人，只要主人一上車，他就會自動出發，在路上喀啦喀啦的跑，就像女王養的馬兒一樣快樂。傑瑞很喜歡那個男孩，都叫他「查理王子」，認為他將來會成為一位「駕馬之王」。

還有一位每天都會駕著煤礦車到街上的老先生，他戴著一頂運煤工的帽子，皮膚黑黑的看起來很粗獷。他跟他的老馬會在街上慢慢走，像是兩個非常熟悉彼此的老搭檔。那匹馬總是把一隻耳朵朝向主人，並且會依照自己的意思在某些地方停下來，那裡便會有人出來買煤炭。老先生的叫賣聲在老遠的地方就聽得到，我聽不出來他喊的是什麼，但是附近的小孩都叫他「老巴——胡」，因為跟他大喊的聲音很像。波莉也會親切的跟他買煤炭，傑瑞說，光是想到那匹老馬在簡陋的地方住得很快樂就覺得很溫馨。

42 選舉與眞正的自由

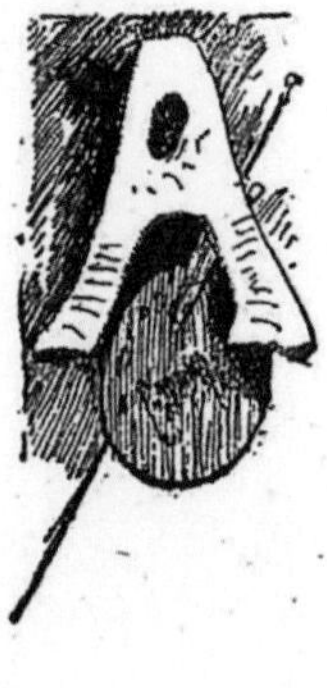

某天下午我們回到家的時候，波莉走了出來說：「傑瑞！有位先生來問你要把票投給誰，而且他想僱用你的馬車幫他做競選活動，他會等你的答覆。」

「這樣啊，妳可以跟他說我的車有別的安排了。我可不希望我的馬車被貼滿競選海報，還讓傑克跟上尉奔波到酒館接那些醉茫茫的選民，我認為這有損他們的尊嚴，我不答應。」

「那你應該會投給他嘍？他說他的政見符合你的想法。」

「我是認同他的部分想法，波莉，但我不會投給他。妳知道他是怎麼賺錢的嗎？」

「我知道。」

「從某些角度來看，他賺大錢的方式或許沒什麼問題，但是他視而不見勞工的想法，所以我沒辦法違背良心投給他，讓他去制定法律。我不投給他，他們肯定會不高興，但每個人都應該要做出他認為對國家最好的選擇。」

選舉前一天早上，當傑瑞正把我套進馬車時，小桃莉哭哭啼啼的走進院子，身上的藍色連身裙和白色圍裙都沾滿了泥巴。

貼滿選舉傳單的馬車。

「哎呀，小桃莉，妳怎麼啦？」

「那些討厭的男生，」她啜泣說，「對我丟泥巴，還叫我小破……破……」

「他們叫她『藍色小破爛』，爸爸，」哈利跑進來生氣的說，「但我教訓了他們一頓，他們不會再欺負妹妹了。我把他們痛打了一頓，好讓他們記住，真是一群沒膽又囂張的『橘色小混混』。」

傑瑞親了小桃莉一下，對她說：「去找媽媽吧，小寶貝，跟她說爸爸希望妳今天待在家裡幫媽媽的忙。」

然後，他嚴肅的跟哈利說：「兒子，我希望你會永遠保護妹妹，好好教訓那些欺負她的人，他們是該被好好教訓一頓。但要記得，我不希望我們家的人變成選舉流氓。有藍色的流氓，就有橘色的流氓；有白色的就有紫色的，什麼顏色都有，我不希望我的家人跟這些顏色有任何關係。就連女人和小孩都會因為不同的顏色跟人吵架，但絕大多數的人卻一點也不了解這些顏色的意義。」

「真的嗎，爸爸？我以為藍色代表的是自由呢。」

「兒子啊，自由不是顏色所決定的，顏色只是代表不同的政黨，他們能給你的自由只有隨便喝醉造成別人不便的自由、搭著髒兮兮的老馬車去投票的自由、欺負其他政黨的自由，還有讓你對不懂的事情喊破喉嚨的自由，這些都不是真正的自由啊！」

「噢，爸爸，你是不是在講笑話？」

「不，哈利，我是很認真的。大家不應該在沒有弄清楚事情前就開口罵人，選舉是一件很嚴肅的事情，至少我認為大家應該要嚴肅看待才對，每個人都應該憑著良心去投票，並且鼓勵身邊的人也這麼做。」

43 可憐的少婦與老朋友

選舉日終於來到，我跟傑瑞一刻也閒不下來。第一位客人是個矮胖的先生，他提著一個地毯布做的旅行包，要前往主教門車站；接著我們又載了幾位客人到攝政公園，然後在一條小街道被一位看起來很緊張的老太太攔下，並載她去銀行。我們在那裡等了她一會兒又載她回來，當她下車之後，有位臉紅紅的先生手裡拿著一疊紙，上氣不接下氣的跑了過來，沒等傑瑞幫他開門就自己跳進馬車說：「弓街警察局，快點！」於是我們又趕緊出發。又跑了一、兩趟車之後，我們回到了出租馬車站，大家都載客出去了。傑瑞拿出我的飼料袋，跟我說：「在這種忙碌的日子，有機會吃東西的時候就要趕快吃，大口吃吧，傑克，要把握時間喔，老傢伙。」

飼料袋裡有混了一點麥糊的碎燕麥，雖然跟平常吃的差不多，但是這頓吃起來特別開心。傑瑞這麼好又貼心，哪匹馬會不想為這樣的主人努力工作呢？接著他拿出波莉準備的肉派，站在我旁邊吃了起來。街道非常擁擠，很多出租馬車都塗上了候選人的顏色，在人群中沒命似的衝來衝去，我們在那一天就看見兩個人被撞倒，其中一位還是婦人。這一天馬兒也都累壞了，真是可憐！但是坐在車裡的選民倒是不把這當一回事，很多人都喝得醉茫茫的，當他們支持的候選人的馬車經過時，就會向窗外大聲歡呼。這是我見識到的第一場選舉，不過我不太想再遇上這種事，雖然我聽說現在已經改善很多了。

我們沒吃幾口，就看見一位可憐的少婦抱著孩子走在路上。她左看右看，好像不知道該往哪裡去，便走過來問傑瑞該怎麼去聖湯瑪斯醫院，距離這裡有多遠。她說那天早上她從鄉下搭了一台要送東西到市集的車過來，因為醫院通知她要帶孩子來看病，她不知道這裡正在選舉，對倫敦也不熟。孩子正在哭泣，看起來虛弱又難過。

「可憐的小傢伙！」她說，「他病得很重，已經四歲了還不能走路，但醫生說如果可以帶他來醫院，就有機會好起來。老天保佑！從這裡到醫院有多遠呢，先生？該怎麼走？」

「哎呀，太太，」傑瑞說，「今天路上的人很多，妳沒辦法這樣走過去的！這裡離醫院有五公里啊，妳的孩子又這麼重。」

「是啊，老天保佑他。但是幸好我還算強壯，如果知道方向，應該可以走到的，請告訴我該往哪邊走吧。」

「這樣不行，」傑瑞說，「妳搞不好會被撞倒，孩子也會被車輾過。來，坐上馬車吧，我會送妳平安到醫院。快下雨了，妳沒發現嗎？」

「不，先生，我不能搭車，謝謝你。我身上的錢只夠回家，請告訴我怎麼走就好。」

「妳聽我說，太太，」傑瑞說，「我也有妻子跟小孩，所以我知道為人父母的感受。妳快上車吧，我免費載妳過去。若要眼睜睜的看著你們冒這麼大的險，我會良心不安的。」

「老天保佑你！」她說，並流下眼淚。

「沒事，沒事，開心點啊太太，我們很快就會到醫院了。我扶妳上車吧。」

當傑瑞打開車門的時候，有兩個男人對我們邊跑邊喊：「馬車！」他們的帽子和胸針是同樣的顏色。

「有人了，」傑瑞喊，但其中一位先生推開那位婦人、跳進了馬車，另一個人也跟上。傑瑞的表情嚴厲得就像一位警察，「兩位先生，這輛馬車已經有人要搭了，就是那位女士。」

「女士？」其中一人說，「喔，讓她等一下吧，我們有非常重要的事情，而且是我們先上車的，你應該先載我們，我們不會下車的。」

於是傑瑞關上車門，臉上出現一抹淘氣的微笑。「好吧，先生，那你們想在裡面待多久就待多久吧，我可以等你們好好休息夠了。」說完，他便背對馬車，朝站在我旁邊的婦人走過來。「他們很快就會走了，」他笑著說，「別擔心，親愛的太太。」

當他們發現傑瑞的妙計之後，很快就跳下馬車，並且用各種難聽的字眼罵他，還說要告他。經過了一場短暫的罷工，我們很快就跑在前往醫院的路上，並且盡可能的抄小路過去。到醫院之後，傑瑞敲響警鐘並協助那位少婦下車。

「萬分感激，先生，」她說，「幸好有你，我才能順利抵達。」

「千萬別客氣，希望這個可愛的孩子能早日康復。」

傑瑞在門口看著她走進去，悄悄對自己說：「你已經幫助了最需要幫助的人。」然後拍拍我的脖子。每當他心情愉悅的時候，都會這麼做。

這時突然下起了大雨，就在我們要離開的時候，醫院的大門又打開了。看門的人大喊：「馬車！」我們停下腳步，有位女士走下台階。傑瑞似乎一眼就認出她，她掀開面紗說：「傑瑞！是傑瑞嗎？在這裡見到你真高興，我正好需要一位像你這樣的朋友呢，今天在倫敦攔馬車真難啊！」

「能為您服務是我的榮幸，我也很慶幸能剛好出現在這裡。您要去哪裡呢？」

「我要去帕丁頓車站，如果時間充裕——我想應該沒問題，我想知道波莉和孩子們的近況。」

我們很快就到了車站，那位小姐跟傑瑞站在屋簷下聊了好一陣子。原來她是波莉以前的老師，得知許多有關波莉的事後，她說：「你覺得自己冬天還能駕車嗎？去年冬天波莉很擔心你。」

「是的，夫人，她是很擔心。我那時候咳得很嚴重，天氣變暖時依然沒有完全康

復，有時候需要工作得比較晚，她也很擔心。工作時間和天氣真是考驗人的體能啊，但我現在還不錯，如果不能跟馬兒一起工作，我會不知道該如何是好。我從小就會做這些，其他的事情我恐怕做不好。」

「傑瑞，」她說，「但是如果為了這份工作而付出健康，那是很可惜的。不僅是你，對波莉和孩子來說也是。有很多地方都需要優秀的駕駛和馬夫，如果哪天你想換工作，就告訴我吧。」

然後她交給傑瑞一樣東西，用來問候波莉。她說：「這是給孩子的，一人五先令，波莉會善加利用的。」

傑瑞向她道謝，看起來也很開心，我們接著出發回家。回到家時，我也累翻了。

44

老上尉與新夥伴

我跟上尉是很好的朋友，他是匹高雅的老馬，也是很好的同伴。我從來沒有想過他的健康狀況會走下坡，甚至離開這個家；但這天還是來了，我來說說這個故事。當時我並不在場，但我聽到了很多事情。

那天他跟傑瑞要載客人去一間很大的火車站，回程時他們經過倫敦橋，有兩匹強壯的馬拉著一台空空的酒廠板車，從橋和紀念碑之間的某個地方冒了出來。駕車的人正在用力鞭打馬匹，而板車很輕，所以他們的速度非常快，駕駛也沒有好好駕馭，於是他們就這樣在擁擠的路上橫衝直撞。

他們撞倒了一個小女孩，還從她身上輾過去，接著就朝我們的馬車衝過來，把兩個輪子都撞斷了，馬車也翻了過去。上尉被馬車拖倒在地、車轅碎裂，其中一截刺進了他的肚子。傑瑞飛了出去，但是只有受到輕傷，沒有人知道他是怎麼逃過一劫的，他只說那是奇蹟，可是上尉承受了強力的撞擊，傷得很嚴重。傑瑞慢慢牽他回家，我看見他的肚子和肩膀都在流血，白色的皮毛也被染紅，心裡覺得好難過。後來我們得知，那位板車駕駛喝得很醉，所以被罰了錢，酒廠也要負責賠償傑瑞的損失。可憐的上尉，他的損失卻沒有人賠。

獸醫和傑瑞都盡力幫上尉止痛，讓他舒服一點。因為馬車得送去修補，所以好幾天我都沒有出門，傑瑞也沒有收入。當我們再度回到車站時，葛蘭老爺走過來關心上尉的狀況。

「他不可能好起來的，」傑瑞說，「至少沒辦法再做這種工作了，獸醫今天早上是這樣說的。他說也許還能拉拉貨車或是類似的工作，這讓我非常苦惱。貨車！我很清楚在倫敦拉貨車的馬是什麼模樣，真希望酒鬼都能住進精神病院，而不是在街上亂衝，危害我們這些不喝酒的人。如果他們撞斷的是自己的骨頭、毀壞的是自己的馬車、弄跛的是自己的馬兒，那也是他們的事，跟我們一點關係也沒有。為什麼無辜的人總是會受傷呢？談什麼賠償！這些都賠不了的！他帶給我一堆問題跟煩惱，也浪費了我很多時間，我還失去一匹像老朋友一樣的好馬，那些賠償簡直一點價值也沒有。真希望可惡的酒癮都掉進無止盡的深淵，別再找上那些酒鬼了。」

「傑瑞，」葛蘭老爺說，「你連我也一起罵了。我不像你那麼好，滴酒不沾，真是慚愧。」

「那你為什麼不戒了呢，葛蘭老爺？」傑瑞說，「像你這麼好的人，不應該被酒精控制。」

「我就很傻啊，傑瑞，我曾經試過一次，有兩天沒喝酒，但我卻難受得快要死了。你是怎麼做到的？」

「我花了幾個星期努力戒掉的。其實我沒有真的喝醉過，但是當我喝了酒之後，就覺得沒辦法控制自己，當想喝的衝動出現時，真的很難對它說不。可是我認為自我跟發作的酒癮只能選一個，而我應該要選擇自我，我便請上帝幫助我。那真的很難，我也到處尋求幫助，要不是因為戒酒，我都不知道酒癮的力量這麼強大。那時候波莉堅持要我吃有益身體的食物，所以酒癮來的時候，我就會喝咖啡、吃點薄荷，或是看一點書，這對我幫助很大。有時候我會不斷跟自己說：『拋棄酒精拯救靈魂！不拋棄酒精就會讓波莉傷心！』這一切都要感謝上帝和我太太，讓我不再被酒精束縛。已經十年了，我連一滴酒都沒喝，也一點都不想喝。」

「也許我應該再嘗試看看，」葛蘭老爺說，「無法控制自己真的很悲哀。」

「試試吧，葛蘭老爺，你不會後悔的，如果你戒酒成功，其他駕駛也會被鼓舞的。據我所知，這裡有兩、三個人也想要戒酒。」

一開始上尉恢復得還不錯，但是他已經很老了，他之所以能拉這麼久的馬車，是因為他有健壯的體格和傑瑞的細心照顧，可是這次的意外讓他變得非常衰弱。獸醫說等他好轉之後大概還可以賣個幾鎊，但是傑瑞堅決的說不。他說賣掉一位忠實的老夥伴、讓他陷入悲慘的苦工命運所賺來的那幾鎊，會讓他的所有錢財都受到詛咒。傑瑞認為善待這位老朋友最好的方式就是給他一顆子彈，他就不用再經歷更多痛苦，因為他實在不知道要到哪裡找一位好心的主人讓上尉度過最後的日子。

傑瑞做好決定之後，隔天哈利帶我到鐵匠那裡做新的馬蹄鐵，等我回到家時，上尉已經離開我們了，我跟傑瑞一家人都很難過。

於是，傑瑞得再找一匹馬來接替上尉才行。很快的，有位在貴族馬廄裡當助手的朋友告訴他，有匹年輕的馬還不錯，那匹馬有一次亂跑撞上了一輛馬車，也把主人摔了出去，不但自己受傷，也留下了不良的紀錄，所以不適合繼續留在那裡，主人已經交代馬夫要尋找買家，盡快把他賣掉。

「我有辦法駕馭年輕氣盛的馬，」傑瑞說，「只要他嘴巴健康、性情不壞。」

「他一點都不壞，」那個人說，「嘴巴也很柔軟，我認為那場意外是有原因的。那時他才剛剃了毛，因為天氣不好的關係，運動得少，等到他跟主人出去的時候，簡直等不及要飛奔。可是那位馬夫把馬具緊緊的綁在他身上，頭上又多綁了兩條韁繩和銳利的口銜，還把韁繩扣到最緊的一格，我想這應該是他抓狂的原因，畢竟他的嘴巴柔軟又活力充沛。」

「聽起來很適合，我會去看看他。」傑瑞說。

隔天，這匹名叫熱馬刺的馬就來到家裡了。他是匹棕色的駿馬，身上一根白色的毛都沒有，跟上尉差不多高，長得很英俊，而且只有五歲大。我跟他打招呼，展顯出友好的樣子，但沒有問他問題。他在這裡的第一個晚上非常不安，他沒有躺下，而且一直甩動頭上的牽馬索、碰撞圍欄上的飼料槽，讓我睡不著。但是隔天拉完五、六個小時的車之後，他變得比較安靜理智了。傑瑞經常拍他、跟他說話，他們很快就熟悉彼此。傑瑞說，給他舒服的口銜和一堆工作，他就會乖得像一隻小羊。他也說，一個人的不幸也許就是另一個人的幸運，貴族失去了一匹用上百枚金幣買來的愛馬，而出租馬車駕駛則得到了一匹精力充沛的好馬。

原本，熱馬刺認為拉出租馬車會貶低自己的身價，也不想跟大家一起站在車站的隊伍裡，但他告訴我，一個星期以來，舒服的嘴巴和傑瑞拉韁繩的輕柔力道，讓他心裡平衡了不少，比起以前頭和尾巴都要被綁在馬鞍上，這份工作反而沒讓他受那麼多委屈。在我看來，熱馬刺其實適應得很好，傑瑞也非常喜歡他。

45

艱苦的新年

對某些人來說，聖誕節和新年是快樂的時光，但是對出租馬車駕駛和他們的馬兒而言，雖然可以因此賺進不少錢，但這可不是放假的時候。我們要載很多人去參加派對、舞會和娛樂活動，通常都很辛苦，也要工作到很晚。有時候我們得在風雨或冰霜中發抖好幾個小時，等待在房子裡面隨著音樂狂歡起舞的客人。不知道那些美麗的小姐會不會在跳舞時想起在駕駛座上的疲累馬夫，和耐心等待、又凍又僵的四隻腳動物。

晚上大多是由我來拉車，因為我很習慣長時間站立，傑瑞也比較擔心熱馬刺會感冒。聖誕節那週我們有很多深夜的工作，傑瑞的咳嗽也變嚴重了。但是無論我們多晚回家，波莉都會等待傑瑞，帶著擔憂的表情提燈出來迎接他。

新年前夕，我們要載兩位男士到西區某個廣場旁邊的一棟房子，我們在九點送他們抵達，然後要在十一點接他們回家。「不過，」其中一人說，「我們會打牌，所以你們可能要多等一下，但是別遲到了。」

我們在十一點的時候抵達門口，因為傑瑞總是很準時。報時鐘聲傳遍廣場，十五分、三十分、四十五分，然後敲響了十二點，但門還是沒有打開。

冬天的風變化多端，白天是伴著雨水的強風，現在則是伴著凍雨的冷風從四面八方吹來，愈來愈刺骨。我們非常冷，也沒有屋簷可以擋雨。傑瑞跳下駕駛座，把我身上的雨衣拉高一點，然後在旁邊走來走去，一邊跺腳。接著，他開始搥自己的手臂，但也開始咳嗽，所以他就把車門打開、坐在車底、兩隻腳踩在地上，用馬車幫自己擋一點雨。時鐘繼續每十五分鐘敲一次，但依舊沒有人出來。十二點半時，傑瑞敲響門鈴，問僕人是否還有人要搭車。

「喔，是的，他們還是要搭車，」那個人說，「請你別離開，他們很快就結束了。」傑瑞又回來坐下，他的聲音變得沙啞，我幾乎聽不到他的聲音。

凌晨一點十五分，門打開了，那兩位男士走了出來。他們什麼都沒說就跳上馬車，並告訴傑瑞目的地，距離大約是三公里。我的腿又冷又麻，我想我應該開始發抖了。他們下車時，不但沒有因為讓我們長時間等待而道歉，反而嫌車資太貴。傑瑞從來不會多收他不該拿的費用，當然也不會少拿，所以他們應該要付兩個半小時的等待費用，但是賺這筆錢對傑瑞來說實在很辛苦。

最後我們終於回到家，傑瑞咳得非常劇烈，幾乎沒辦法說話。波莉什麼也沒說，就跟往常一樣幫他提燈、開門。

「我能幫你什麼忙嗎？」她說。

「嗯，幫傑克弄一點熱的，再幫我煮粥。」

傑瑞說話的時候聲音沙啞無力。他幾乎沒辦法呼吸，但還是像平常那樣幫我搓揉肌肉，還到乾草棚多拿了一捆稻草出來幫我鋪床。波莉給我吃了熱麥糊，我感覺舒服多了，然後他們就走進家裡把門鎖上。

隔天早上，過了好久都沒有人出來，直到哈利來幫我們刷洗、準備食物，並清掃了馬廄，接著像星期天那樣把稻草放進來。他很安靜，沒有吹口哨也沒有唱歌。中午時，哈利又來幫我們準備水和食物，這次小桃莉跟他一起來，而且在哭。我從他們的話中得知，傑瑞的病情危及到了性命，醫生說是重症。兩天過去了，家裡一片憂愁，我們只能見到哈利，偶爾小桃莉會過來，我想她需要陪伴，因為波莉得照顧傑瑞，不能讓小桃莉去吵他。

第三天，當哈利在馬廄忙碌工作的時候，門口傳來敲門聲，是葛蘭老爺。

「我就不進屋裡了，孩子，」他說，「但你爸爸還好嗎？」

「他很不好，」哈利說，「大概是最糟的狀況了吧，他們說是『支氣管炎』，醫生說今天晚上如果沒有好轉，就會變得更嚴重。」

「真糟糕，太糟了，」葛蘭老爺搖搖頭說，「上星期有兩個人也是這樣死了，發作之後沒多久就走了。但只要還活著就有希望，請別過度擔憂。」

「是的，」哈利很快的說，「醫生也說，爸爸比其他人更有機會康復，因為他沒有喝酒。他昨天發了高燒，醫生說如果是有酒癮的人，這場高燒就會讓他一命嗚呼，但他應該會好起來。你覺得呢，葛蘭先生？」

葛蘭老爺露出了苦惱的表情。

「如果上天讓好人都能度過這種難關，我相信他可以的，孩子，他是我認識最好的人。明天早上我再過來看看。」

隔天，他一大早就過來了。

「怎麼樣？」他說。

「爸爸好轉了，」哈利說，「媽媽說他會撐過去的。」

「感謝老天，」葛蘭老爺說，「你們要幫他保暖，叫他不用擔心任何事情，喔，我想到他的馬。讓傑克在溫暖的馬廄休息一、兩個星期對他比較好，你可以帶他到街上輕鬆的走走，讓他的腿活動一下。但那匹年輕的，如果沒有工作大概會變得很毛躁，你會很難照顧他，等他出門的時候搞不好會發生意外。」

「他已經有點毛躁了，」哈利說，「我已經少餵他一點了，但他很有精神，我不知道該怎麼辦。」

「那就是了，」葛蘭老爺說，「聽我說，你去問媽媽，如果她同意，我會每天來帶他去工作一段時間，直到你們想到其他辦法。無論他賺了多少，我都分一半給你媽媽，這樣還可以補貼一點飼料錢。我知道你爸爸有參加出租馬車的工會，但你們還是要花錢養馬，這段期間你們可能會被吃垮。我中午再過來聽聽你媽媽的想法。」哈利還來不及向他道謝，葛蘭老爺就離開了。

我想葛蘭老爺中午時應該來找過波莉，因為他跟哈利一起走進馬廄、為熱馬刺套上馬具後就帶他出門了。

大概有一個多星期的時間，他都會帶熱馬刺出去，每當哈利向他道謝或是提到葛蘭老爺很照顧他們之類的話，他就會用微笑來帶過，說其實是他很幸運，他的馬剛好可以休息。

傑瑞的病漸漸好轉，但是醫生說如果他想要好好終老，就不能繼續駕駛出租馬車。哈利和小桃莉經常討論爸媽接下來的打算，他們也想幫忙賺錢。

有天下午，熱馬刺全身又溼又髒的回到家。

「街上到處都是融雪和泥濘，」葛蘭老爺說，「把他刷洗乾淨會花你不少功夫啊，孩子。」

「沒問題，葛蘭老爺，」哈利說，「我會負責的，爸爸教過我。」

「真希望每個男孩都能像你這樣照顧馬匹。」葛蘭老爺說。

當哈利幫熱馬刺擦掉身上的泥巴時，小桃莉走了過來，看起來有重要的事情要說。

「你知道有誰住在費爾斯托區嗎，哈利？有人從那裡寄信給媽媽，她好像很高興，拿著信跑上樓去找爸爸。」

「噢！妳不知道嗎？那是法勒太太住的地方，她是媽媽以前的老師，去年夏天她碰到爸爸，還給我們一人五先令啊。」

「噢！法勒太太，原來是這樣，我知道她。不知道她寫信跟媽媽說了些什麼。」

「上星期媽媽寫信給她，」哈利說，「法勒太太之前跟爸爸說，如果不駕出租馬車要記得告訴她。我也想知道她寫了些什麼，妳去看啊，小桃莉。」

哈利繼續搓洗熱馬刺，像個老馬夫一樣發出「嘿咻！嘿咻！」的聲音。沒幾分鐘，小桃莉手舞足蹈的回到馬廄。

「哈利！真是個天大的好消息！法勒太太說我們可以搬到她家附近，那裡有間房子可以讓我們住，有花園、雞舍、蘋果樹，什麼都有！而且她的馬夫要在春天離開了，她希望爸爸可以去做這個工作。她說附近的鄰居都很好，你可以在花園或馬廄工作，或是當個侍童。我也可以去那裡的學校讀書。媽媽邊哭邊笑，爸爸看起來也很開心呢！」

「怎麼會有這種好事，」哈利說，「而且剛好是我們需要的，爸爸跟媽媽一定會很喜歡那裡。但我不想要當侍童，我不想穿上有一堆鈕扣又很緊的衣服，我想要當馬夫或園丁。」

他們很快就決定好了，等傑瑞康復之後就要搬到鄉下去，所以馬車和馬匹都要盡快賣掉。

這對我來說是個沉重的消息，因為我已經不年輕了，身體狀況也不太可能變得更好。自從離開波特維克莊園，我就再也沒有遇過像傑瑞這麼好的主人了，但即使我被照顧得無微不至，三年的拉車工作還是消耗了我一些體力，我感覺自己不像以前那樣年輕力壯了。

葛蘭老爺很快就說他可以接手熱馬刺，而出租馬車站裡也有一些人想要買下我，但傑瑞說，如果要繼續拉車，他希望我的主人不是隨便的普通駕駛。於是葛蘭老爺向他保證，要幫我找個會好好對待我的買家。

我要離開的日子到了，但傑瑞還不能走出家門，所以新年前夕那天就是我們最後的相處時光。波莉和孩子們都來跟我道別，「可憐的老傑克！我親愛的老傑克！要是能帶你一起走該有多好。」她說，然後摸摸我的鬃毛，貼近我的脖子親了一下。小桃莉也哭哭啼啼的親了我一下，哈利則不停的摸我，什麼話也沒有說，只是表情非常哀傷。於是，我就被帶去新家了。

Part 4 生命的後半場

46

殘酷的駕駛與好心的小姐

我的買家是一位賣穀物和做麵包的老闆，傑瑞認識他，也認為我在那邊應該會有不錯的食物，工作也不會太累。一開始的確是這樣，但是後來主人經常不在，結果我的工作就過量了。那裡有位領班總是在催趕大家，每次都在已經裝滿的車上又多加一些東西，我的貨車駕駛賈克斯都會告訴他這已經超過我能拉的重量了，但領班總是不當一回事。

賈克斯就跟其他貨車駕駛一樣，會用制韁把我的頭拉高，讓我沒辦法輕鬆的拉車，等我在那工作三、四個月之後，我發現自己的力氣衰弱了很多。

有一天，我載的貨物特別多，還有一段陡坡要爬，我用盡了全力，但還是拉不上去，所以得一直停下來。這讓我的駕駛很不高興，就大力的鞭打我。「快爬，你這個偷懶的傢伙，」他說，「不然我一樣會逼你爬。」

我繼續用力拉，好不容易往前拉了幾公尺，鞭子又落在了我的身上，我只好繼續掙扎往前。鞭子打得我好痛，我的心也好痛，如同我被抽打的肚子。當我使出全力卻還是被處罰虐待時，那種痛苦簡直像是要把我的心挖出來一樣。當賈克斯第三次殘忍的揮動鞭子時，有位小姐快步走上來，用甜美真誠的聲音說：「噢！請別再鞭打這匹好馬了，我相信他已經用盡全力了，這條路很陡，他盡力了。」

「如果用盡全力還拉不上去，那他就應該要再加把勁啊，女士。」賈克斯說。

「可是，這些貨物不是很重嗎？」她說。

「是很重啊，」他說，「但這也不是我的錯，我們裝貨的時候領班要求再加一百五十公斤上去，說這樣可以省去很多麻煩，我只好照做。」

他又舉起鞭子，但那位小姐說：「天哪，請你住手。如果你願意，我可以幫忙。」

賈克斯大笑。

「你看，」她說，「你沒有給他好好表現的機會呀，他的頭被制韁往後拉，所以沒辦法用盡全力。如果你願意把它拿下來，我相信他會做得更好。試試看吧，」她的聲音很有說服力，「我會很高興看到你這麼做的。」

「好吧，好吧，」賈克斯說，並笑了一聲，「別讓女士不開心，對吧？妳想要把他的頭放多低啊，女士？」

「非常低，讓他可以自由活動。」

他把制韁取下，我馬上低下頭，這樣好舒服啊！然後我上下擺動頭部，讓緊繃的脖子放鬆一點。

「可憐的傢伙，這就是你需要的，」她說，一邊溫柔的拍拍我，「如果你還願意跟他說點好聽的，再帶領他前進，我相信他會做得更好。」

於是賈克斯拿起韁繩，「來吧，小黑！」我低下頭，毫無保留的將全身力氣推向馬軛。沉重的貨車移動了，我開始穩定的把它拉上坡，然後停下來喘氣。

那位小姐沿著旁邊的小徑走上來、踏上馬路。她摸了摸我的脖子，已經好久沒有人這樣對我了。

「你看，如果你願意給他機會，他是很認真的。他的脾氣應該很好，以前一定受過很好的照顧。你應該不會再綁上那條制韁了吧？」賈克斯正想重新繫上制韁。

「喔，女士，我承認，放鬆他的頭對爬坡的確有幫助，下次我會記得的，謝謝妳。但如果沒有繫上制韁，我就會被其他貨車駕駛嘲笑，這可是現在流行的東西啊。」

「但是它並不好用啊，」她說，「你想要帶動一個好的潮流，還是跟隨一個不好的潮流呢？現在有很多紳士都不用制韁了，我們家拉車的馬匹這十五年來也都沒有使用，他們明顯比用制韁的馬還不容易疲累呢。而且，」她的聲音變得嚴肅許多，「我們沒有權利讓上帝創造的動物承受這麼大的苦難，我們都說他們是不會說話的動物，沒錯，的確是這樣，他們沒辦法說出自己的感受，可是不能說話並不代表他們的痛苦比較少。我想我不該再耽誤你的時間了，謝謝你願意在這匹好馬身上嘗試我的建議，我相信這比鞭子有用多了。祝你有美好的一天。」她再次溫柔的拍拍我，然後踏著輕快的腳步走上小徑，消失在我的視線中。

「真是位有教養的小姐，我應該會照她的話做，」賈克斯自言自語著說，「她跟我說話的方式好有禮貌，好像我是一位紳士呢。不管怎樣，以後我會用她的方法上坡。」我必須公平的說，在那之後，賈克斯把我的韁繩放鬆了好幾格，上坡時也都讓我可以自由的擺動頭部。不過，我還是得拉過重的貨物。若有充足的食物和休息，就算工作很忙碌，我依然可以維持體力，可是一匹馬再怎麼樣也無法抵抗過重的貨物。我被它徹底擊倒，所以他們便買了一匹年輕的馬來接替我的工作。不過，我在這裡的期間，還有另一個讓我愈來愈不健康的原因。以前我曾經聽別的馬說過，但我倒是沒有親身經歷過這種事，那就是光線昏暗的馬廄。這裡只有盡頭處有一扇小窗戶，所以馬廄幾乎都在黑暗當中。昏暗的光，除了讓我心情不好之外，也讓我的視力變差。每次當我從黑暗的馬廄走到外面耀眼的陽光下，眼睛就會很痛。我在馬廄門口絆倒了好幾次，當時幾乎看不到路。

我想，如果我在那裡住得很久，視力可能只會剩下一半，那就太不幸了，因為我聽說過，完全看不見的馬比只看得見一半的馬還安全，因為看得見一部分的東西會讓馬變得非常害怕，容易受到驚嚇。幸好，我在視力受損之前就離開了，被賣給一位擁有很多出租馬車的大老闆。

47 苦日子

我絕對忘不了我的新主人，他有黑色的眼睛和鷹鉤鼻，還有一口凸出的牙齒，他的聲音很粗，聽起來就像貨車輪子碾過碎石的聲音那樣令人不安。他叫做尼可拉斯・史金納，我想他應該就是把馬車租給破衣山姆的人。

我聽過「眼見為憑」，但是我認為實際上應該叫「感受為憑」，雖然我以前看過很多可憐的馬，但現在我才真正體會到拉出租馬車是一件多麼悲慘的事。

史金納的馬車都很破舊，駕駛也很隨便，他對所有人都很壞，所以駕駛也就對馬兒很糟。在這裡，星期天我們不能休息，而現在正是炎熱的夏天。

有時候，幾位健壯的先生會在星期天早上包下我們的車一整天，四位坐在馬車裡，一位跟駕駛坐在一起，而我得拉著他們跑到十五到二十五公里遠的鄉下，並且載他們回來。無論上坡有多陡、天氣有多熱，他們從來沒有一個人會下車走上坡，除非駕駛認為我拉不上去。有時候我又熱又累，根本吃不下東西，就會很想念以前天氣熱的時候，傑瑞在星期六晚上幫我們準備加硝酸鹽的麥糊，讓我們暑氣全消、吃了很舒服，我們還可以休息兩個晚上，以及星期天一整天，所以到了星期一的時候，我們都活力充沛，就像

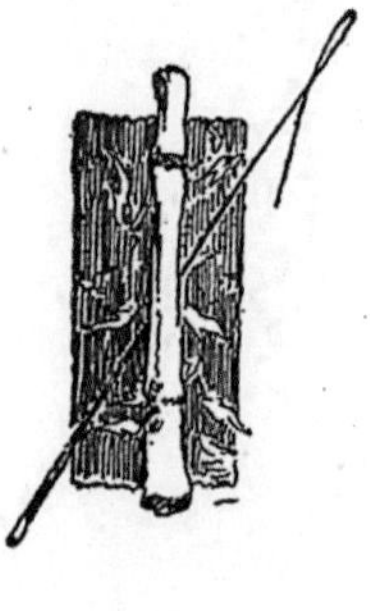

年輕的馬匹一樣。但在這裡，我完全無法休息，我的駕駛就跟他的老闆一樣嚴厲，他的鞭子很可怕，尾端還有一個尖尖的東西，有時會把我打得流血，他甚至會從下方抽打我的肚子，把鞭子甩到我的頭上。雖然我還是會盡力拉車、從不偷懶，但是用這種方式傷害我，卻讓我心灰意冷；就像辣薑說的，不聽話也沒有用，人類是最強大的。

我的日子變成了一場災難，讓我開始希望跟辣薑一樣，在工作的時候突然死去，這樣就可以脫離悲慘的命運了。有一天，這幾乎就要成真。

那天我在早上八點就到了出租馬車站，拉完幾趟車之後便要載客人去火車站。那時剛好有火車進站，所以我的駕駛就排在其他馬車後面，等待載客的機會。從那班火車下來的人非常多，當其他馬車都載客離開之後，便有人叫了我們的車。這組客人帶了很多行李，一共有四位，有一位大嗓門的先生、一位小姐，還有一個男孩跟一個女孩。小姐跟男孩先坐上馬車，那位先生在吩咐人擺放行李，小女孩則是走過來看我。

「爸爸，」她說，「我覺得這匹可憐的馬沒辦法載我們和行李到那麼遠的地方，他看起來好虛弱、好累喔，你來看看他。」

「噢，他沒事的，小姐，」我的駕駛說，「他很有力的。」

幫忙搬行李的人正在移動幾個沉重的行李箱，他建議那位先生，既然行李那麼多，不如再叫一輛馬車。

「你的馬到底行不行啊？」大嗓門的男人說。

「噢，他沒問題的，先生。把行李搬上來吧，他能載的比這個還多呢。」然後幫忙把一箱行李拖上來，我感覺到馬車的彈簧被壓了下去

「爸爸，再叫一輛馬車吧，」小女孩哀求著，「這樣不好，這樣很殘忍！」

「別亂說，葛蕾絲，快上車，不要這麼大驚小怪。如果叫車之前還要先檢查馬匹，那多麻煩啊，這位駕駛當然最了解他的馬兒。快上車，然後閉上嘴巴。」

溫柔的小女孩只能聽從爸爸的話，然後看著一箱又一箱的行李被拖上車，放在馬車車頂或駕駛座旁。等一切都弄好了，我的駕駛便像平常一樣扯動韁繩、揮起鞭子，駕車離開。

這趟車真的非常重，而我從早上到現在都沒有吃東西，也沒有休息；儘管他對我殘忍又不公平，我還是努力的拉車。

我順利的拉著車，直到來到盧德門丘，沉重的馬車加上耗盡的體力，已經讓我承受不了。我努力想要繼續前進，可是卻一直被韁繩和鞭子伺候。突然間，不曉得為什麼，我的腿一陣無力，然後重重的往旁邊倒了下去，這突如其來的無力感和摔在地上的衝擊讓我幾乎停止呼吸。我動也不動的躺在地上，其實我也沒有力氣移動了，心想這大概就是我的最後一口氣。我聽見旁邊一陣混亂，有人很生氣，有人很大聲說話，還有拿行李的聲音，這好像一場夢。我好像聽見一個甜美的聲音在同情我：「噢，可憐的馬兒，都是我們害的。」有人解開我喉嚨上和馬軛上勒緊的繩索，有人說：「他死了，不會再起

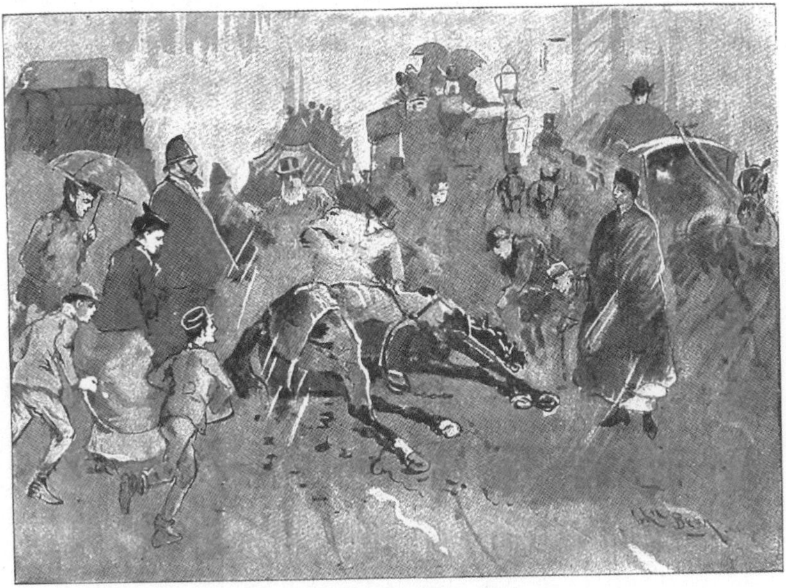

我重重的往旁邊倒了下去。

來了。」我又聽見有警察在吩咐事情，但我完全沒有力氣睜開眼睛，只能偶爾喘一點氣。後來，有人往我頭上澆冷水，又倒了一點藥水在我嘴巴裡，然後在我身上蓋了一點東西。我不知道自己在那裡躺了多久，但我開始覺得有點力氣了，然後有個友善的聲音呼喚我起來，並拍拍我。多喝了一點藥水和掙扎一兩次之後，我搖搖晃晃的站了起來，然後被緩緩帶到附近的馬廄。那裡鋪了很多乾草墊，有人幫我準備了溫暖的粥，我便心懷感激的吃下它。

到了晚上，我恢復了一點力氣，便被帶回史金納的馬廄，他們也盡力照顧我。隔天早上，史金納跟一位獸醫前來看我，獸醫仔細檢查之後說：

「這很明顯是過度疲勞啊，不是生病，如果可以放養六個月，之後他應該還可以繼續工作，但是他現在已經沒有力氣了。」

「那他完蛋了嘛，我可沒有草原可以放養生病的馬，會不會好就看他自己了。但這種東西我才不要，我要的是能拉車的馬，盡量讓他們工作，最後再把他們賣掉，看是要賣給動物屍體處理廠還是哪裡。」

「如果他的呼吸有問題，」獸醫說，「那你最好別猶豫，馬上給他一個痛快；如果他還可以好好呼吸，十天之後有一場拍賣會，你可以讓他休息、好好餵他，說不定還可以多賣一點錢。」

聽了這個建議之後，我想史金納應該很不情願這樣做，但還是交代人要好好照顧我，讓我多吃點東西，而照顧我的人似乎也為我感到開心，做得比史金納交代的還要好。十天徹底的休息加上很多混著亞麻子的燕麥、乾草和麥糊，比什麼更能讓我恢復體力。那些亞麻子真是美味，我也開始想，活著好像比死去要好。意外發生後的第十二天，我被帶去離倫敦幾公里外的拍賣會。我想，不管接下來會去哪裡，都比為史金納工作好吧，所以我便打起精神，期待有好事發生。

我恢復了一點力氣，便被帶回史金納的馬廄。

48 瑟羅古德農夫與他的孫子威利

在這場拍賣會裡，我毫不意外的被安排去跟一些衰弱的老馬站在一起。有的跛著腳，有的呼吸不順，有的非常衰老，我認為用子彈幫他結束生命才是仁慈的做法。

很多買家和賣家看起來也很衰老，甚至不比這些被討價還價的馬匹還好。有貧窮的老人想要買便宜的馬匹來幫他運送木柴或煤塊；也有人認為幫馬匹結束生命會虧錢，所以寧願以兩、三鎊的價錢賣掉已經沒有力氣的馬；有的人看起來因為貧窮和苦日子而變得冷酷無情，但也有讓我願意付出最後力氣幫他工作的人。他們雖然外表寒酸，但和善又有人性，聲音聽起來很值得信任。有位走路不穩的老先生似乎對我很有興趣，我也覺得他不錯，不過他認為我不夠強壯。突然間，緊張的時刻來了，我注意到有位看起來像是農場主人的男士，身邊有一個小男孩，從拍賣會比較高價的那一區走了過來。他戴著一頂寬邊帽子，肩背寬大而厚實，紅潤的臉龐看起來很友善。他在我們面前停下腳步，用同情的眼光看著我們，然後注視著我。我的鬃毛和尾巴依然很漂亮，這幫我的外表加了點分數。我豎起耳朵，注視著他。

「這裡有匹馬，威利，看起來曾經有過好日子喔。」

「可憐的老傢伙，」小男孩說，「爺爺，你覺得他拉過馬車嗎？」

「當然嘍，孩子，」那位農夫說，並靠近了一點，「他年輕的時候應該沒有什麼做不到的吧。你看他的鼻孔和耳朵，還有脖子跟肩膀，這匹馬的血統應該大有來頭喔。」他伸出手，在我的脖子上輕拍了一下，我把鼻子湊過去作為回應，小男孩也摸了摸我的臉。

「可憐的老傢伙！你看，爺爺，他知道我們在跟他打招呼耶，你可以把他買回去，然後讓他變年輕嗎？就像你對淑女鳥那樣。」

「孩子啊，我沒辦法讓所有老馬都變年輕啊，而且，淑女鳥並沒有很老，她只是曾經被虐待，身體比較虛弱而已。」

「可是我不覺得這匹馬很老耶，爺爺。看看他的鬃毛和尾巴，要不要也看一下他的嘴巴，這樣你就會知道了。雖然他很瘦，可是他的眼睛跟那些老馬不一樣，沒有凹進去。」

那位老先生笑了出來，「你這個孩子！簡直跟爺爺一樣愛馬啊！」

「看看他的嘴巴吧，爺爺，然後問他多少錢，他在我們家的草原一定可以變年輕。」

帶我來拍賣的人開口說話了。

「這位小紳士很懂馬呢，先生。事實上呢，這匹馬是因為拉太多出租馬車才變得這麼虛弱，他其實並不老。我聽獸醫說，把他放養六個月就可以恢復光采了，因為他的呼吸都很正常。過去這十天都是我照顧他的，他非常好相處，又懂得感恩，絕對值得為他付出五鎊的價錢，給他一個機會。明年春天他肯定就會有超過二十鎊的價值了。」

老先生又笑了，小男孩也用熱切的眼神抬頭看他。

「喔，爺爺，你剛剛不是說那裡的小馬賣五鎊太貴嗎？如果你買這匹，好像也沒有損失呢。」

老先生走過來摸摸我浮腫又緊繃的腿，然後又看看我的嘴巴。「我想他大概十三或十四歲吧，帶他去走走好嗎？」

我拱起了瘦弱的脖子，把尾巴舉高一點，努力伸出僵硬的腿好好走路。

「你可以接受的最低價是多少？」我回來時，那位老先生開口。

「五鎊，先生，這是我主人要求的最低價。」

「看來他很想賺錢啊，」他搖搖頭說，但同時也拿出錢袋，「真的非常想賺錢！你還有其他馬要賣嗎？」他說，並數了數手中的金幣。

「沒有了，先生，如果您需要，我可以把他牽到您的旅館。」

「那就麻煩你，我也要過去了。」

他們在前面牽著我，小男孩高興得不得了，那位老先生看了似乎也開心了起來。我

在旅館好好的吃了一頓，然後新主人便請僕人慢慢騎我回家，讓我到一旁的大草原上。那裡有間小屋坐落在草原的角落。

我的恩人叫做瑟羅古德先生，他請人照顧我，每天早晚都餵我吃乾草和燕麥，白天就讓我在草原上奔跑，還有：

「你，威利，」他說，「要負責好好看管他，這匹馬就由你負責。」

小男孩很高興的接下這份任務，並且認真執行。他每天都會過來看我，有時候還對我特別好，會帶點紅蘿蔔或其他好吃的東西給我，或是當我吃燕麥的時候在一旁陪我。他總是關心我、跟我說話，我當然就愈來愈喜歡他。他叫我「老跟屁蟲」，因為我都會跟著他在農田裡走來走去。有時候他會帶爺爺來看我，仔細檢查我的腿。

「這是重要的指標，威利，」他說，「他的狀況愈來愈好，春天時我們應該就可以看到他煥然一新了。」

在這裡，徹底的休息、營養的食物、柔軟的草皮跟溫和的運動，很快就讓我的精神和體力有了明顯的轉變。媽媽生給我一個強健的身體，年輕時我也過得很快活，所以我比其他疲勞過度的馬兒還要有機會重拾活力。冬天的時候，我的腿進步得很快，我真的覺得自己變年輕了。接下來，春天到了，有天瑟羅古德先生說要讓我試拉馬車。我很高興，於是他跟威利一起駕著我跑了幾公里，我的腿已經不再僵硬，拉這趟車對我來說很輕鬆。

「他真的愈來愈年輕嘍，威利。我們要開始給他一點點工作了，等到夏天最熱的時候，他的體力就會像淑女鳥那麼好了。他的嘴巴很健康，跑起來的步調也很棒，沒什麼好挑剔的。」

「噢，爺爺，真高興你買了他。」

「我也是，孩子，但他應該更感激你。我們要開始幫他找個寧靜的地方，最好是個有教養的家庭，有能欣賞他優點的好主人。」

49 最終的歸宿

這個夏天的某一天，馬夫特別用心的幫我刷洗整理，我想應該是要帶我去找新主人了。他梳了梳我腿上的毛，梳子滑過我的馬蹄，他甚至還把我頭上的毛分線呢，我想馬具應該也被他擦得亮晶晶的。威利跟爺爺一起坐上馬車的時候，看起來有點擔心，又有點高興。

「如果那些小姐喜歡他，」老先生說，「對小姐跟馬都是好事，我們就試試看吧。」

我們離開村莊兩、三公里後來到一棟漂亮的矮房子，前院有片草地和灌木叢，還有一條車道通到門口。威利上前拉了門鈴，詢問布隆菲德小姐或愛倫小姐是否在家。她們的確在家，於是瑟羅古德先生就走進屋裡，威利則跟我一起待在屋外。大約十分鐘之後，他跟三位小姐走了出來，其中一位又高又蒼白，披著白色的披肩，靠在另一位年紀較小、有著黑眼睛和滿臉笑容的小姐身上，第三位則是面容莊重的布隆菲德小姐，她們走過來看我並問了一些問題。那位年輕的愛倫小姐對我非常有興趣，她說我長得這麼俊麗，她一定會很喜愛我；而臉色蒼白的那位小姐說，讓一匹曾經昏倒的馬幫她拉車會讓

她很緊張，因為她怕我會再次昏倒，她可能沒辦法承受這樣的驚嚇。

「小姐們，請看，」瑟羅古德先生說，「有很多一流的馬，因為駕駛不細心而導致膝蓋受傷，但這並不是馬兒的錯，我認為這匹馬也是這樣。不過我並不想影響妳們的看法，所以如果妳們願意，可以試著讓他在這裡待一陣子，妳們的馬夫就可以好好評斷他的狀況。」

「有關馬的事情，您一直都是很好的顧問，」面容莊重的布隆菲德小姐說，「我十分重視您的意見，如果我妹妹拉維妮亞不反對，我們就接受試用，謝謝您。」

於是她們便決定隔天派人把我帶去試用。

隔天早上，有位看起來很機靈的年輕人來找我。他一開始看起來很高興，但是當他看到我的膝蓋，便用失望的語氣說：「先生，你真的跟小姐們推薦這匹受過傷的馬嗎？」

「內在比外表重要多了，」老先生說，「你只是把他帶回去試試看而已，我相信你對他的狀況會有公正的評價，年輕人。如果讓他拉車真的不安全，你再把他送回來就好啦。」

於是，我就被帶到新家了。他讓我待在一個舒適的馬廄，餵我吃一些東西後便離開了。隔天，那位馬夫在清潔我的臉時說：「這跟『黑神駒』頭上的星星好像啊，他也差不多這麼高，不知道他現在在哪裡。」

過了一會兒，當他刷到我的脖子時，發現那裡有個因為放血所留下的疤痕，他驚訝得幾乎跳了起來，然後開始仔細查看我的全身，一邊喃喃自語。

「額頭上有個白色星星，一隻右腳是白色的，那邊還剛好有個小疤，」他接著又看了看我的背部中央，「而且，這裡有一塊白色的毛，約翰都說那是『神駒的正字標記』，這一定就是黑神駒吧！天哪，神駒！神駒！你記得我嗎？我是小喬啊，那個差點把你害死的傢伙啊！」他開始不停的拍我，高興得幾乎快要昏倒了。

我其實不算真的記得他，因為他現在長得好高大，不但留著黑色的小鬍子，聲音也變了。但我知道他認出我了，也知道他就是小喬，我真的好開心。我把鼻子湊過去，想跟他說我知道你是我的朋友。我從來沒有見過像他這麼開心的人。

「好好試用！哈！那有什麼問題！不過我真想知道是哪個傢伙把你的膝蓋弄成這樣。喔，我的老神駒！你一定在外面吃了很多苦頭，哎呀，我不會再讓你受傷了。真希望約翰可以在這裡親眼見到你。」

下午，我被套進一輛小馬車後來到家門口，愛倫小姐打算試乘，小喬則跟她一起。我發現她是個很好的駕駛，對我的步伐似乎也感到很滿意。我聽到小喬跟她說了我的事情，他非常確定我就是戈登先生的「黑神駒」。

回家後，另外兩位小姐也走了出來，想知道我表現得如何。愛倫小姐告訴她們小喬所說的話，還說：「我一定要寫信給戈登太太，跟她說她最愛的馬來到我們家了，她一

回家後，另外兩位小姐也走了出來，想知道我表現得如何。

定會很開心的！」

大約有一個星期，我每天都會幫她們拉車，當她們發現我拉的車很安全之後，拉維妮亞小姐便願意嘗試讓我用小馬車載她。後來小姐們決定把我留下來，並且讓我繼續使用原本的名字——黑神駒。

現在，我已經在這個快樂的地方住了整整一年。小喬是個優秀又善良的馬夫，我的工作也輕鬆愉快，我覺得自己的力氣和精神都回到最顛峰的狀態了。有天，瑟羅古德先生對小喬說：「在你們家，他一定可以活到二十歲，也許更久。」

威利有空的時候也會來找我玩，對他來說，我是一個很特別的朋友。幾位小姐對我保證，她們絕對不會把我賣掉，所以我再也不用擔心了。

我的故事就說到這裡了，我的煩惱都結束，也安心的回到家。我經常夢見自己還在波特維克莊園裡的果園，跟老朋友一起站在蘋果樹下。

BLACK
BEAUTY

BLACK
BEAUTY

BLACK
BEAUTY